第五章　義弟との遺産相続問題

殯（かりもがり）

——妻への誄（しのびごと）

石津一成

序　章

時は、残暑厳しい日照りの明るい平成十五年（二〇〇三年）九月十八日午前十時、場所は、奈良家庭裁判所の一室、岩成一樹は担当の家事調停員から澤井家の義弟義弘との亡妻順子の遺産分割調停事件の「調書（成立）」を提示され説明を受けた。彼は内容を了承して各頁に割り印を捺した。義弟義弘は、同日同時刻、同所の別室で同じ調書を目の前にして説明を受け、押印したのであろう。調停内容には次のように記されていた。

【調停事項】

一　当事者双方は、別紙遺産目録記載の遺産が被相続人岩成順子の遺産である事を確認し、これを次の通り分割する。

二　申立人岩成一樹は、別紙遺産目録記載の遺産を全て取得する。

三　申立人岩成一樹は、相手方澤井義弘に対し、前項の遺産を取得した代償として、金六〇〇万円の支払義務がある事を認め、これを平成十五年十月二十日限り、〇〇銀行××支店の澤井義弘名義の普通預金口座（口座番号一二三四五六七）に振り込んで支払う。
四　当事者双方は、亡澤井義康（平成六年二月十六日死亡）の遺産（△△銀行、普通預金口座の二四三万円）に関して発生していた紛争については当事者間で既に解決済であることを確認する。
五　被相続人岩成順子の形見分けについては、当事者双方が確認することとする。
六　当事者双方は以上をもって、本件相続人岩成順子の遺産に関する紛争を一切解決したものとして、上記条件以外に何らの債権債務の存在しないことを相互に確認する。
七　調停費用は各自の負担とする。

裁判所書記官　大浦浩佑

翌月の二日に再び家庭裁判所に出頭して「調書」の「正本」を受取り、十七日に義弟義弘に所定の代償金を送金し、さらに二十三日、義弘が要求した妻の形見品を送り終えた。

その時、一樹は妻順子を同年二月に喪って八ヵ月が過ぎていた。これで、順子と結婚来以来、三十七年間の澤井家との関係が完全に終了した。妻を失くして以来、欝々とした日々が続いていたが、この時、彼を縛っていた紐帯《ちゅうたい》の一つが綺麗さっぱり切れ、束の間ながら清々しい気分を味わった。

虚空を見上げて、亡き妻順子に呟き報告した。

貴方の実家との関係は、これで完全に終った、これで良かったんだね。と……

第一章　順子と結婚

岩成一樹は、昭和三十七年（一九六二年）に京都の私立大学で土木工学を修得・卒業し、大阪の橋梁ファブリケーターである大和橋梁㈱の工事部に所属していた技術屋である。以来その時まで四年間、国内各地の現場への出張の連続で、延べ日数にして年間の三〜四ヵ月は家に帰らないというほど仕事が忙しかった。このままではいつになっても結婚できないと母ヒサが心配して見合いの機会づくりに躍起になっていた。

母ヒサがお膳立てした見合いに、一樹はここ一年以内でも無理やり何回か付き合わされたが、なかなか話はまとまらなかった。昭和四十一年(一九六六)一月、今度は澤井順子との見合いであった。双方の母親と仲人と共に京都市内のホテルの喫茶室で初めて彼女と会った。直ぐ二人だけにされて、改めて向き合って見ると、肌の浅黒い化粧っ気の少ない女性であったが、和服姿がよく似合い、話に対する反応が明るく早く、どこか知的で瞳が時々煌めく事に魅かれた。彼女の方も一樹自身はもとより、一樹の仕事の内容に興味を持ったようであった。彼女は京都の市立高校を出ていて、市内の北野に住み、市内の会社に勤務していた。その後、三〜四ヵ月の間に五・六回会い、婚約成立となった。母は仲人に、長男だからと、一樹に事前の相談なく、結婚後も両親と同居することを絶対条件にして念を押していたが、澤井家からも本人からも何の異論も出なかった。

昭和四十一年（一九六六）十一月十三日に京都・平安神宮で結婚式を挙げた。一樹・満二十八歳、順子・満二十五歳であった。披露宴は神宮の近くの「平安閣」で、どちらも母ヒサの念願の場所であった。新婚旅行は、当日の京都駅発夜行寝台列車で、友人一組だけの見送りを受けて行った。内容は当時の新婚旅行の定番で宮崎・鹿児島を巡る三泊四日の慌ただしい旅だった。丁度その時（十一月十三日夜）四国松山空港で全日空機が着陸に失敗して海中に墜落する大事故があり、乗員・乗客五十名全員が犠牲になった。その中には多くの新婚旅行者がいたので、詳細を知らせていない友人、親戚、会社から自宅に安否の問い合わせの電話が多くあり留守宅で大騒ぎになった。

新居は、一樹が当時、両親と三人で住んでいた京都山科の家で、三軒長屋の真中の二階建て上下四室の狭い小さなその家に一樹の両親と同居することになった。そんな家でも岩成家にとっては初めての持家で、三年前に京都・西陣の街中にあり、祖父の代から永年住み続けていた八軒長屋の借家から引っ越した家であった。その年の三月まで一緒にいた一樹の妹愛子が結婚して家を出て行き、順子と暮らす部屋が漸く空いたのである。上下四室と言っても、一階は洋間約六畳の台所兼食堂と奥に和室六畳の居間兼両親の寝室、二階は六畳と四畳半の和室で押入は階段部の上下で中途半端な広さしかなかった。裏庭に面して狭いぬれ縁にトイレが付属している。家の幅は両隣の家と薄い壁一枚で隔てられた僅か二間しかなかった。一樹が宮崎県の山奥で長期出張して橋の工事に従事していた留守中に両親だけで相談して購入した劣悪な家であった。風呂がなく、入居直後に発注して裏庭に小さな浴室を設けたが、当初は徒歩で十五分はかかる京津電車の駅近くの銭湯に通っていた。家の前の道路を挟んで同様な家が建っていたが、その裏には国鉄・東海道本線の線路の土手が連なり、向かいの家の間から走行する列車が見えた。昼間はまだしも、深夜、連続して疾走する夜行列車の音は凄まじく、慣れるまでは何事かと何回も飛び起きた事もある。夜トイレに行く時は既に就寝している両親の枕元を忍び足で歩き、ぬれ縁の先まで行き来しなければならず、これは決定的な不都合さであった。一方、京都・北野の順子の実家は、元西陣織関係の糸問屋の家だったようで、広くは真夏に訪れても家の中の空気がひんやりと感じるほどの大きさ広さのある立派な佇まいで、広くはないが立派な石灯籠も配した和風の裏庭があり、最初に一樹が訪れた時には気後れするようなお屋敷に思えた。順子は初めて一樹の家に来た時、こじんまりしたいい家ですねと、お世辞を言っていたが、新しいだけが取り柄の家にがっかりし、不安さえ感じたことは間違いない。彼女が用意し嫁入り道具として購入した布団箪笥は、この家の押入れが小さいのでとても配置する空間がなく、そのうちに広い家へ移ったら引き取ると約束して、やむを得ず順子の実家に預かって貰うことになった。そんな家での新生活の始まり、そこから京阪電車と阪急電車を乗り継ぎ、朝八時始業の大阪天神橋駅近くの会社・大和橋梁へ遠距離通勤する一樹を送り出す毎日、六時過ぎには星を仰いで家を出る一樹の朝食を用意するため、彼女は毎朝何時に起きていたのであろう。そしてトイレ使用時の不便さをどのように感じて耐え忍んでいたのか、彼女は何も言わずであった。昼食の弁当を用意する必要が無かった事と、その後も宿泊出張が多く留守がちな夫の仕事が、せめてもの幸いであったかも知れない。婚約直後のこと、順子の父澤井義康が、彼女の実家に行った一樹に、娘はどんな苦労にも耐えるように育てています、と一樹の両親との同居、狭い家、遠距離通勤を見越して、わざわざ伝えていた事が思い出される。そのようにして順子との生活が始まった。まさに、これが二人の出発点であった。

第二章　澤井家の人々

第一節　順子の父母のことなど

　順子の父澤井義康は、明治四十五年（一九一二）六月に生まれた京都市内の烏丸通蛸薬師の実家梶原家から、乳離れ直後の満二歳で、同じく市内堀川通仏光寺の澤井家に養子として貰われた。澤井佐之助・トメ夫婦には子がなく、家業は京都らしく先代から刀剣屋だったようである。順子の曾祖父澤井治兵衛は、祇園の芸子・山本チカの娘トメを実子と認知して、誕生直後の明治十三年十月に地区長の「允可《いんか》」を得て澤井家に入籍させ、子に恵まれなかった妻チズの手でトメは育てられた。しかし、明治二十八年、トメが十五歳の時に父治兵衛が亡くなり、継母チズは存命乍ら身体が弱かったためか、その歳でトメは澤井家を相続した。そして二十三歳になった明治三十六年、佐之助を入婿として結婚したが子が無く義康を養子として迎え入れた。その間にトメの継母・澤井チズは明治四十三年に五十六歳で亡くなっている。昭和十八年（一九四三）六月に澤井佐之助が七十四歳で没して三十二歳で義父義康は澤井家の家督を相続した。義祖母トメは、当時六十四歳、まだまだ元気でその生立ちから想像できるように澤井家の一切に目を光らせて取り仕切っていた。義父義康はその三年前に義母ヨシノと結婚しており、妻順子は二年前（一九四一）に生まれていた。そして義弟義弘はその翌年に誕生した。

義父は長じて旧制姫路高校に進学、化学を専攻し、戦前は京都大学の化学教室で助手を務めていた事もある。身長五尺八寸（一七五㎝）は優にある明治生まれでは稀な大男であった。本人もマントに朴歯の高下駄を履き、姫高寮歌を放吟して街をのし歩いていたと言っている。父親の家業である刀剣屋は、戦争のための金属類供出で商品が無くなり、佐之助の死去と共に廃業せざるを得ない状態になった。京都市内の堀川にあった澤井家は戦争中に西堀川通を大幅に拡張して、米軍空襲の戦火に対する防火帯を造るための強制疎開に遭い、堀川に面して有った東表の店先から西端の土蔵の前まで取り壊されて道路になって仕舞った。その後、昭和三十七年（一九六二）に市内北部北野の家に転居するまでの間、祖母トメや順子等含む家族五人は、母屋部を取り壊されて残った土蔵部分だけを住居として暮らしていたらしい。それにしても西堀川通を店先にしていた元の澤井刀剣店の敷地は東西に非常に長い土地であったことが分かる。

義父義康は、戦後は京都府警に勤務し、鑑識の仕事に停年まで就いていた。定年後は数年間、京都国際ホテルのフロント係に就職し、多少心得のある英語とドイツ語を活かして外人客に応対していた。一樹が順子と結婚した頃は、丁度そんな時期であった。

義母ヨシノは、大阪市郊外江口の農家の出身で、兄妹は上に男二人、下に女五人の長女であったが、義祖父大山寅次が昭和四年（一九二九）年、ヨシノが十三歳の時に亡くなり、長女として母を援け、幼い妹達の面倒を見ながら苦労して育ったようである。二十四歳で澤井家に嫁いだ後も、順子の話によると、全てのことに厳格な義母トメの下で、トメが八十六歳で亡くなる昭和四十一年（一九六六）まで二十数年間、一切口答えせず言われる通り仕えてきたとのこと。初対面の時、一樹は義母ヨシノについて、非常に優しく大人しい人という印象を持ったが、それは最後まで変わらず、順子と共に実家を訪れる時は何時も一樹を上座に据えてのお客扱いで、食事も彼と同席で同時に採ることは一度も無かった。義父義康もそんな時は必ず一樹を座敷床柱が背になる席に座らせ、自分はその脇に陪席するという感じであった。非常に話し好きで間を置かず、いつも色々な話を丁寧に一樹に語り掛けていた。順子との婚約後、そのような席で、義父が岩成家のご先祖は信濃源氏ですね、と彼に語りかけ、先頃、わざわざ岩成家の本家を福井県下に訪ねて確認したことを報告した。一樹は父から何となく岩成家は信濃源氏の末裔である事は聞いて知っていたが、当時その事に関心が殆どなく、面と向かって話をされるとは思っていなかったので、正直辟易《へきえき》した。義父が幼児の時養子に貰われた血縁のない澤井家の先祖の家柄や素性がはっきりしないため、自身で確かめた血筋の明確な一樹への接遇が、自然に自らを卑下するようになるのかも知れなかった。結婚後の正月、順子を「嫁正月」で実家に新年の挨拶を兼ねて送り届け、一樹も一泊することが年中行事のようにして数年続いていたが、ある時から、前記のような待遇を窮屈に感じて、お茶だけ戴いて、順子を残して出来るだけ早く退去するようになった。

血筋と言えば、義父澤井義康には四歳下に山脇隆康という実弟がいた。順子の話によると叔父隆康は終戦後間もない頃、堀川の澤井家に突然現われて、父義康をお兄さんと呼び、自身は実の弟だと名乗ったらしい。義父はその時初めて知って驚いた。もっとも義康が澤井家に来たのが満二歳の時であるから、隆康はそれ以降に梶原家で生まれたことになる。全く知らなくて当然かもしれない。隆康の話では、現在の山脇家に入婿で迎えられ、山脇を名乗るようになったが、戦争で出兵し無事帰国したとのこと。山脇家は代々京都・上加茂神社の社家である。実際、京都の三大祭りの一つである「葵祭」の行列では、神官の役目として馬上で行進したりした写真もあるようであった。一樹が会った頃は、神社の近く明神川沿いに並んでいる風情のある社家の一つが住居ではなく、嵯峨野のある所（順子の話では小さな一軒家）に住まって、日頃の仕事は、社家としての務めの他に各種の和服を風呂敷に包んでお客の家に自転車で行き、売り捌く行商のような事をしていた。奥さんは社家に相応しい上品な面持ちの人で、一樹にも丁寧な口調で接していた。この山脇氏は一樹に何故か非常に興味を持ち、さすが行商人と思える巧みな会話をする人であった。順子と結婚して以降、一樹が転々と住まいを替える毎に、それぞれの家に順子の叔父として必ず顔を出し、それぞれの家の構えや内部の調度品などの詳細を見定めていた。特に一樹の収入金額に拘り、果ては将来にもらう年金の額まで尋ねることもあり、ちょっと変わった人であった。その一方、一樹を自身の山脇家に招待することは一度もなかった。

第二節　岩成家の成立ち

一樹が岩成家の家系を調べて、自らが信濃源氏の末裔《まつえい》であることに確信を持ったのは、実は最近の事である。この章には合わない岩成家のことであるが、その経緯をここで記しておく。

それは昭和五十五年（一九八〇）六月、一樹の父・岩成保治と叔父・岩成保憲は福井県池田町の岩成本家を訪れて、代々本家に伝わる古文書を見せて貰い、その一部を写し取り、写真にも収めて帰ってきたが、その解読に手間取ったまま、保憲叔父は二十六年前に、父保治は十一年前に他界した。一樹の父が亡くなって、その時の写真類は母ヒサがいつの間にか捨ててしまっていたが、従兄弟が保管していた筆写された書類等は、一樹が引継いで内容の検討を行っていた。その結果を、既に他の拙著『母に牽かれた住まいの遍歴』に示した部分と重なるが、敢えて記す。

一樹の祖父・岩成保多は福井県の出身である。越前市武生《たけふ》の東方池田村で生れた。その地方の旧家で、遠く鎌倉時代から現在まで約八百年間、四十代にわたって続く岩成家三十六代、治郎兵衛・知周《ともちか》の五男である。本家に伝わる古文書に依れば、信濃源氏の祖とも言われる源為公《ためとも》が、前九年・

後三年の役の武功により、初めて北伊那の地（現在の箕輪町）に領地を得て、天竜川左岸の小高い丘陵地に上ノ平城を築き、南信濃に勢力を持った。その孫である源為實（岩成の三郎と号した）の代に信濃国椚原《くぬぎはら》庄岩成郷（現在の長野県上高井郡小布施町岩成・千曲川の畔、令和元年〈二〇一九〉十月に台風十九号の大雨で堤防が決壊し千曲川が氾濫した長野市穂保地区の対岸）に移住、その子為信が岩成姓を名乗り岩成家第一代となった。源朝臣為信は、同じく信濃源氏である木曽義仲の平家追討の下知に応じて挙兵し、福井県今庄の燧《ひうち》ヶ城防衛戦でいったん敗れて、同地の宅良郷に土着したが、寿永二年（一一八三）五月の倶梨伽羅峠の戦いで平家を駆逐して、その後何代かで付近一帯を治める守護職に任ぜられ、岩成家一族が現在の池田町一帯に跋扈《ばっこ》するようになった。二十一代岩成為久の時、越前一乗寺に本拠を構える浅倉家の家臣として岩成伊賀守となり、領内に居館（城）を構え城主となった。その後、越前府中（現在の越前市武生）の城主・本多富正の家臣として徳川家康側で大坂夏の陣に出陣して武功を挙げた。以後、二十八代岩成景恒の時、武士を捨て農業に専念しながら神仏興隆に尽力した。一樹の曽祖父三十六代岩成知周《ともちか》は先代の長女の婿養子であり、長男治三郎が二歳の時、先代が亡くなったため、治三郎を養子として育て、長じた後、三十七代岩成家当主にした。これにより知周の実子である祖父・保多等は岩成の分家となった。

一樹は岩成家の先祖が創建したと言われる【岩成郷元神社】を訪ねて長野県小布施町に出向いた。平成二十二年（二〇一〇）六月の事である。普段は無人のため、予め宮司にお参りする事を伝えていたので、氏子の代表者三名と共に社殿の掃除をして待って居られた。参拝後、座談形式で一樹が用意した資料を基に、当方岩成家と神社創建に関わる因縁のお話をさせて頂いた。氏子代表から、付近は岩成郷となっているが、現在は岩成姓を名乗る人は一人も居ない由、ただ、小布施町の教育委員会が設置した「岩成居館跡」と言う遺跡表示の標柱が栗畑の中に建っている、等のお話が有った。一樹の調査が完結していないので、確実に岩成家の先祖の創建になる神社とは断言できないと宮司にお話したものの、ほぼ間違いない事を一樹自身は確信した。

平成二十八年（二〇一六）四月十六日、再び岩成郷元神社にお参りした。地区の氏子・湯本氏に、御柱祭が行われるので来ないかと誘われたので出かけたが、同神社は諏訪神社の流れを汲み、小規模ながら御柱祭を四年ごとに執り行っていた。直接、祭りの行列には入らないで傍観させて頂いたが、総勢二～三百人が参加する賑やかなお祭りであった。

あとは、長野県上伊那郡箕輪町の、天竜川左岸にあると探しあてた岩成家由来の最初のお城「上ノ平城」の城跡を訪ねる事が残っていた。平成二十九年（二〇一七）十二月、年の瀬も迫ったある日、思い立って長野県上伊那郡箕輪町に出かけた。神戸から名古屋までは新幹線で行き、名古屋から中央自動車道を高速バスに乗って行った。天気に恵まれ、中津川付近から巨大な山容の恵那山を見上げて、その長い、長いトンネルを抜けると信州・飯田であった。バスは更に伊那盆地を北上し、駒ヶ根市付近に来ると、西に木曾駒ヶ岳、東の南アルプスには仙丈岳や甲斐駒ヶ岳など日本百名山の高さ三千メートル級の山々が白い山腹を見せている。バスは伊北インターで中央道を下り、終点の箕輪町に着いた。名古屋から三時間二十分の長旅であった。そこでタクシーを呼び、「上ノ平城跡」

と行き先を伝えると、案じていたのに相違して、二つ返事で走り出した。城跡は国道のバス停から、ＪＲ飯田線の沢駅の脇を通り、天竜川を渡った東側の小高い丘陵地に有った。昭和四十四年七月に史跡指定されたという長野県教育委員会の「上ノ平城跡」と書かれた標柱が道路脇に設けられ、大きな説明文と「三の堀」という標識も立っていた。

　説明文に依れば、城の規模は、東西約四五〇m、南北二〇〇mに及ぶもので、一から四までの郭に分かれていたらしい。平安時代末に源為公《ためとも》により築城され、最近の発掘調査結果では、戦国時代まで城として機能していた事が明らかになったとの事。先にも触れたが、源為公は信濃源氏の元祖と言われる人で、当岩成家初代の源為信（岩成為信）の曾祖父に当たる人であると、岩成本家所蔵の古文書に書かれている。

　近くには、「城跡の一本桜」と名付けられた桜の巨木が残っており、伊那平野を見晴るかす休憩所も設けられ、付近の観光地の一つになっている感があった。想像していた以上に規模も大きく、綺麗に整備された城跡に感動し、しばらく、早くも傾いた冬の西日に映える跡地を眺めて、遠い先祖に心の中で手を合わせて挨拶させて貰った。

第三節　義弟義弘とその家族

さて、一樹の妻順子には三歳年下に弟義弘がいた。一樹が結婚した年に、大阪の私立大学を卒業した。卒業祝いに辞書「広辞苑」を贈った。母親似の容貌で、話す時必ず一呼吸してから返事するので一樹は戸惑った。その後、一樹を「お義兄さん」と呼んだことは一度もなく、いつも「岩成さん」であった。大学卒業後は地元京都の化成会社の営業に就職したが、直ぐ東京支店勤務を三〜四年経験していた。神田周辺のアパートを塒《ねぐら》にしていた時、一樹は東京出張で一夜泊まり込んだ事がある。夕食は彼の案内で神田駅近くの立ち食い寿司屋だったことが思い出される。義弘は昭和四十七年（一九七二）十二月に見合いで泰子と結婚した。結婚当初、義弘夫婦は、両親と京都北野の家に同居していたが、その後直ぐ、義弘の東京への転勤に伴い千葉県下に移住した。昭和四十九年一月、長男が誕生、四月には一樹は順子と共に東京旅行の序で、千葉の義弘宅に赴き、誕生祝をした事もあった。義弘はその後、東京に居を移して五十一年三月に次男を儲けた直後、京都本社に帰任し、両親と同居することになった。泰子の実家は、その時は兵庫県尼崎市にあり、既に父親は亡くなっていた。姉妹は女ばかり五人で末娘が泰子であった。昭和五十二年（一九七七）四月に、澤井家は京都市内北野から宇治市黄檗《おうばく》に転宅した。岩成家が京都市東山区山科から京都府大山崎町を経て、昭和五十一年（一九七六）七月に京都府城陽市青谷に転居した後を追うようにしての出来事であった。澤井家の新居は中古ながら敷地約百坪に上下八室ある和風の邸宅であった。ガレージの上には暖炉付きの広い書斎まであった。

そこで澤井家は親子六人和やかに過ごすものと考えていたが、その頃から泰子の様子に異変が起きた。結婚して暫くは、会えば一樹のことをお兄さん、お兄さんと呼び明るく受け答えしていたが、順子を通して聞いた義母ヨシノの話であるが、毎朝、なかなか起きて来ず義弘の出勤にも差しつかえが出てきた。義母が注意すると却ってふて腐れて、通常の嫁姑問題の枠を超えて事が大きくなって来た。

黄檗の家に同居して僅か五ヵ月後、昭和五十二年（一九七七）十月、義母との諍《いさか》いの末、泰子は急に二人の子供を連れて千葉県下（当時、実家はその尼崎から移っていた）の実家に帰って仕舞った。そして間もなく、泰子は二人の子供を連れて宇治黄檗の澤井家に現われ「この子供達はお宅の子供ですから返しに来ました」と言って、追いすがる子供を残して、また実家に帰って行った。もちろんその間、義弘は泰子に家に戻るよう説得を重ねたが無駄だった。実家に帰った泰子は、その後地元で就職しているようで、京都に帰る兆しはなかった。就職するために足手まといになる幼い子供達を手放すことを考え付いたらしい。全く常識では考えられない行動であった。考えあぐねた義弘は城陽の岩成家の姉順子に何度も相談に来ていた。二人の子供達の世話は満六十歳を過ぎた義母ヨシノの手で行うしかなかった。下の子を背負い、上の子を前の子供席に乗せた自転車（その為に乗り始めた）で、毎日のように買い物に出かけていたらしい。義弘からの依頼もあり、一樹は同年十二月出張の序に東京・江東区の泰子の実家（母親は泰子の姉たちの家を順に回って滞在していたため、転居を繰り返していた）に行き、泰子に帰宅を促したが、全く反応なく無駄であった。そのような状態が一年余り続き、一樹は昭和五十四年（一九七九）二月のある日、東京出張の序に、今度もまた、千葉県下の泰子の実家を訪問した。訪問した時泰子は仕事に出掛けていて留守であったが、母親に会い現状を説明して早期の帰宅を要請した。母親は、まず、遠路訪ねて行った一樹にお礼を言う穏やかな常識人と見受けられ、母親からの澤井家に対する要望は何も無く、義母ヨシノ等に迷惑を掛けているとのお詫びも聞いたので、説得に応じて泰子が澤井家に帰る事を期待したが、その直後は何の反応もなかった。泰子が渋々宇治の澤井家に戻ったのはそれから暫く経ってからであった。実に一年以上、泰子は義父母に幼い子供二人を押しつけて家を留守にしたのである。

しかし、ここまで拗《こじ》れた泰子とヨシノの関係の修復は困難で、再び同居して、またしても始まった両者の諍《いさか》い時に泰子が義母ヨシノに暴力を振るって打擲《ちょうちゃく》するという暴挙に出て破綻した。結局、間もなく義弘夫婦は子供と共に澤井家を出ることになった。一樹は知らないが、彼等は京都府下のどこか賃貸住宅に移って行った。考えて見ると五人姉妹の末娘の泰子は父親がいない家庭で姉達に囲まれて勝手気ままに過ごし成長したに違いなく、一方義母ヨシノは十三歳で父親を亡くし、七人兄妹の長女として母親を助けながら気丈に暮らして来たに違いないし、澤井家に嫁いだ後は、厳格な義母トメの下で自分を押し殺して耐え忍んで健気《けなげ》に二十年間生きてきた筈である。この二人は全く次元の異なる人間と言えるかもしれない。同じ屋根の下で相互に協力して生きることは初めから無理だったように思える。

第四節　義父の悔恨

それから義父母は大きな広い家で二人だけの生活が続いた。一樹が宇治・黄檗の家に行く度に、義父は繰り返し、泰子がヨシノを殴ったのですよ、どう思いますか、と顔を覗き込むように訴えた。どのような状況で泰子が手を出す事になったのかは、義母はもちろん義父や順子からも一切語られていない。一樹の推量で言えば、日常のごく他愛のない事情が原因であったのであろう。義父が悔しがっているのは、義弘がその時、泰子の肩をもって泰子を制止し叱責しなかった事であった。この時から義父・澤井義康と長男義弘の親子関係も破綻し始めた。この間の心労が祟ったのか、暫くして義父は胃潰瘍に罹り、胃の四分の三を切除する手術を受けた。本人や順子は胃潰瘍と言っていたが、胃癌ではなかったかと一樹は推測している。それでも予後は順調に推移して、当然、手術前と比べて身体が一回り細くなったものの、義父は一度に普通の量が食べられないので一日に四度も五度も食事をしていた。それでも、一樹の前では、少量ながら酒も必ず相伴《しょうばん》していた。

第五節　リビアから義父への手紙

一樹は、その頃から海外業務の担当となり、アフリカのリビアへ単身で赴任することになった。二度の赴任と出張で併せてその期間は三年半におよんだが、その間、義父宛に現地から手紙を出していた。手紙の現物は義父から順子に渡されて永く順子が保管していた。その一部をここに掲げて、当時の様子を以下に記す。

（前後の挨拶文は省略した）

まず、二回目の出張時の手紙

1　昭和五十六年（一九八一）四月三日

今年も早や四月になり、間もなく桜の花の季節、気温も上がってきたことでしょう。先日は義母上に青谷の家の留守をお頼みし、何かとお手数を掛けたようでありがとう御座いました。犬のシロの病気が気がかりでしたが、どうだったでしょうか。私、三月三十日に離日し、再びこのリビアに来ております。ロンドン経由で来ましたが、ロンドンはやはりまだ寒く、小雨と霧でトリポリ向けの便が約一時間出発を見合わせた程でした。日本航空が到着したヒースロウ空港からリビア向けの飛行機が出るガトウィック空港（どちらもロンドンの空港ですが、市の西部と南部にあり、距離が離れている）迄は初めてヘリコプターに乗り移動しましたが、生憎の霧で眼下のロンドンの街並みは殆ど見られず残念でした。それが、地中海を渡り、アフリカ上空に差し掛かると、雲はほとんどなく、地上はギブリ（リビア砂漠から吹く南風）で黄色く煙って見え、トリポリ空港に着いたとたん、二十四～二十五度という暑さで、どっと汗が吹き出る感じがしました。ところが、翌日の四月一日から今日（四月三日）迄は雲一つない快晴ですが、ギブリが吹かないため、気温は最高二十度位で、湿度が低く非常に爽やかな気候です。愈々リビアも雨季が終わり乾季に入ったようです。

今、トリポリから東方へ約二一〇㎞来たミスラタ市の郊外にある会社のオフィスにおります。民家を借上げたものですが、敷地が約五百坪、床面積が一七〇㎡位の家で、宿舎としても使っています。現在、今後四年半ほどで建設する製鉄所の敷地の土質調査を日本から連れて来た業者に施工させているのですが、その監理を主たる仕事として出張しているのです。調査は二月初めより行っており、今月下旬には完了の予定です。客先であるリビア政府の技師や、間に入っているインドのコンサルタントとの折衝が毎日ありますが、慣れない英語で何とかやっています。どちらの相手も私に言わせれば、正規の英語の発音ではなく、聞き分けるのに苦労しています。

東亜から現在、私を含めて五人がリビアに来ていますが、残りの四人はトリポリで事務的な手続の処理に追われているため、このミスラタでは私一人という状態です。食事は、その業者の手で自炊しており、それに私も仲間に入れてもらっています。一応、食料品はスーク（市場）に行けばあります。今日は近くにいる韓国の業者が鯛の刺身を持って来てくれました。今朝獲れた魚で、ワサビを付けて食べました。追々、人を雇って事務所・宿舎の整備をします。近い内にチェコ人のおばさんを賄婦として使用することになっています。今年末には総勢二千五百人位が入れる大キャンプを造る事にしています。

ともあれ、今月下旬、調査が終わり次第、一旦帰国します。六月頃から改めて約二十ヵ月の長期滞在になる予定ですが、詳しい話はまた、帰国してからお伝えします。この手紙が日本に着くのは恐らく四月十五・六日頃でしょうが、敢えて手紙にしました。

神戸ポート博には、もう行かれましたか。私も帰ったら一度覗いて見ようと思っています。なにしろ、博覧会に関連する工事を随分やったものですから。

次に、一回目の赴任で八ヵ月程経った時

②　昭和五十八年（一九八三）三月十九日

奈良のお水取りも終り、彼岸の中日になりましたが、まだ春とは名のみの寒さかと推察致します。それでも当地に送られてきた日本の新聞によりますと、桜の開花前線は平年並みで、四月二日〜三日頃京都付近を通過するとの事、もう直ぐですね。昨年のメキシコ・エルチチョン火山の大爆発による噴煙が地球を覆い、例年に比べ全体に低温気味とか、また夏の暑い盛りも短いだろうという話も載っていました。それが理由か定かではありませんが、ここリビアでも先日までは、このまま夏の盛りの猛暑を迎えるのかと言うほどの良い気候で、真昼はもう暑いくらいの上天気が続いていたのですが、ここしばらく三月中旬過ぎとしては珍しく雷雨があり、小雨の降る日がつづいております。

リビアと言えば、先月、スーダン国境に兵を集めているとかでエジプトが騒ぎ、アメリカの地中海海軍がリビアのヒドラ湾に接近、一時はこのまま戦争かと、日本の新聞に出ていたそうですが、当地にいる者から見れば、何の変化も有りません。もちろんＢＢＣ放送や西独のラジオ放送で一通りの事は知っていましたが、日本でのニュースの取り上げ方が大きいので却ってびっくり致しました。

工事の方は、今年に入り愈々本格的になってきました。土建工事関係だけで、私も含めて日本人が三十二名（スタッフとしてバングラデシュ人三名、イギリス人一名も一緒です。）になり、連日、現場事務所や現場で韓国業者（三星建設）の施工管理にあたっています。下請の三星建設の人間は現在千百人になり、大型バス六台を朝・昼・夕それぞれに二往復させ労務者をキャンプから現場まで運んでいます。工事は全体で約三分の一が完了した感じですが、まだまだこれからです。

客先の指示で、夜間工事と休日の作業は禁止されているため、韓国業者特有の猛烈な働き振りが抑えられ、工事は遅れ気味ですが、これから夏に向かい日が長くなるため、作業時間が延び、ピッチが上がる事でしょう。現場での作業はこのように制限されていますが、われわれスタッフは連日七時過ぎまで事務所におり、また休日も出勤して種々の問題を片付けています。朝の始業は七時半ですから六時には起床しており、夜部屋で寛ぐのは一時間あまりで、このように手紙を書く時間も少なく、ご無沙汰して申し訳有りません。

非常に忙しい毎日ですが、規則正しく過しているせいか、大変元気で風邪も引かず冬を越す事ができました。ご休心下さい。一昨年七月に当地に赴任して、早や二十ヵ月が過ぎました。一応任期と定められている二年まであと四ヵ月ですが、工事の遅れもあり、多少延びることは止むを得ないでしょう。現在、神戸本社との間で、私達先任者の後を引継ぐ者の計画をやりとりしています。七月には私の後任課長も赴任して来る予定ですが、彼はまた、それから二年或いはそれ以上の任期を当地で勤める事になるでしょう。計四年間でやっと土建工事は完了です。その後、一年ほど機械の据付や試運転工事にかかります。それほど大きな工事なのです。イタリア・オーストリア・トルコ・西独等他の建設業者の工事も、東亜製鋼に多少後れはとったものの、続々と大部隊が送り込まれて、現場もキャンプヤードも賑やかになってきました。

ところで、春、気候が良くなったら、またどこかに旅行される計画はおありですか。順子を誘って一緒にお出かけ下さい。私の留守中たびたび里帰りをしていますか。手紙が来ても余り書いていないので判りませんが、また。閑《ひま》が有りましたら城陽の家にも遊びに行ってやって下さい。父は毎日テレビの番をしていると聞いています。

まだ先の事ではっきりしませんが、ここの任務を終えて神戸本社に帰っても、引続きこのプロジェクトの留守部隊としての仕事があるでしょう。今の家から通勤は無理と思いますので、また単身寮に入る事になります。しばらくして落ち着いたのち、阪神間で新しい家を見付け、城陽の家を引き払う事も考えています。順子にはそろそろ今の仕事を辞めてはと手紙で言っているのですが、本人はなかなか見切りが付けられないでいるようです。もっとも、私が殆ど家にいない状態では、仕事に就かず家にいるのも面白くないし、退屈かも知れませんが、もう歳もそんなに若くないのですからと勧めています。

続いて二回目の赴任直後の手紙

3 昭和六十二年（一九八七）三月二十一日

この手紙が届く頃は京都もすっかり春、桜の便りが聞かれる事でしょう。長い間待たされたビザの取得が決った翌日（三月四日）に慌しく日本を発ち、二週間余りが過ぎました。今年のリビアは、何故かいつまでも寒く、雨季が明けている筈にも拘らず、毎日の如く小雨が一時降るという気候で、朝の出勤時には未だ防寒着が必要なほどです。

三年半ぶりのリビアですが、宿舎（キャンプ）は全く変わっておらず、以前のままで懐かしい位です。食堂でコック（日本人）の手伝いをしているチャド人やバングラデシュ人も前の人間がそのまま働いており、宿舎の維持、清掃をしてくれている人もそのままで、三月五日の午後、当地に着いた時は、小生の顔を覚えており、大歓迎してくれました。

一九八二年の初めに出来上がったプレハブの宿舎ですが、維持管理が行き届いているのか、荒れた感じは無く、すんなりと以前二年余りいた頃の生活に戻ったという状態です。現在、東亜製鋼、関係会社、メーカーからの監督と、約九十人の日本人が共に生活・仕事をしています。近い内に百二十人程に増える予定です。

仕事の方は、製鉄所の工事は殆ど完了し、客先による各種の検査が連日行われています。土建工事（小生の担当）は、仕上げ工事の一部を残し、あと東亜製鋼が直営で行っている小さな工事を施工中です。一方、総額約三百億円で下請させた土建本工事も一応完了しているのですが、昨年の秋以来、最終検査を行い、手直しを命じている三星建設（韓国）との対応が当面続きそうです。工事の最盛期には、千八百人以上もいた三星建設の労務者も、今では五十人程残すのみで、広い現場が淋しいほどです。今後、七月頃から東亜製鋼が直営で行う工事用労務者（シンガポール人）を増やし、来年末位まで仕事が続きそうです。

通常、朝七時から夕方七時迄が現場での仕事で、昼間一時間半の休憩があるという厳しい条件ですが、宿舎から現場までは車で十分程ですから、慣れれば苦になりません。宿舎からの外出は、平日・休日共原則として禁止されており、特に休日は時間を持て余すのではないかと思われますが、各種の娯楽設備が整っており、また、図書室の本も二千五百冊程ありますので、当面、自由時間は読書に当てています。

現場の大きな目標は、来る八月十六日には「赤通し」という最初の鉄筋材を客の目の前で完工した設備を動かして生産することです。この目標に向って全体の工程が細かく組まれています。予定通り「赤通し」が終れば、客の目はこの「生産」に釘付けになるでしょうから、一ヵ月程経った九月中旬に休暇をとり日本に帰ります。以上、簡単ですが取りあえず近況のみお伝え致します。

順子には時々宇治に出かけるよう伝えておりますので、出向いた時は何分よろしくお願い申し上げます。

次は、二回目の赴任で休暇帰国した直後

4 昭和六十二年（一九八七）八月四日

小生、今イスラム教ハジ休日を利用してリビアから、ここ地中海の真中に有る小さな島国（人口三十五万人）マルタ島に来て居ります。イタリア風の町並みが連なる首都バレッタは、今、ヨーロッパ中から押しかけた、夏休みを日光浴や海水浴で楽しむ観光客で大賑わいです。八月六日迄滞在して、またリビアに帰ります。日中は本当に暑いのですが、夕方から海風が爽やかで、居心地の良い所です。……（絵はがき）マルタ島にて

次はマルタ島旅行からリビアに帰った時

5 昭和六十二年（一九八七）八月二十一日

お便り有難うございました。八月十二日に出されたお手紙、八月二十日に受領致しました。割合早く届いております。ここリビアも例年とは多少異なった天候にて一寸戸惑っています。カラッとした暑さでなく蒸し暑い日々が続いているのです。先日（八月十三日）は猛暑で、午後一時半には

四十四・五度まで気温が上りました。しかし、ここ二・三日前から朝夕はひんやりした冷気が漂い、秋の気配が濃厚になってきました。日の出も遅く、六時ごろ起床するのですが、まだ太陽は出ていません。七時から仕事が始まります。

関西地方は暑さで大変でしょうが、今年はびわ湖が梅雨末期の豪雨で満水になっているようで、水の心配がないとか、あと台風の上陸が無ければ良いのですが。さて、三泊四日のマルタ島の旅行から帰り二週間が経ちました。絵はがきも無事届いていて安心致しました。マルタ島は、本島を一周しても約五十㎞、特に南側は五十ｍ以上の高さの断崖が海面から直接立上がり、正に、天然の要塞という感じがしました。英国が長年、軍事上の要地として占領し、地中海全体に睨《にら》みを利かせていた理由がよく判りました。観光船で一日がかりで一周したのですが、途中、コミ島という小島の汀に立寄り、海水浴や昼食パーティーを楽しみました。ビックリするほど澄んだ綺麗な水で、船上からパン屑を投げると、体長約十五〜二十㎝の魚が無数に寄付き、面白いほどでした。

観光立国なのに、物凄く物価が安く、豪華な伊勢えびを焼いた料理を主とした夕食に、ワインやビールを飲んで、一人約二千三百円でした。これがマルタ島で一番という海辺の立派なレストランでの価格です。ビールは小瓶ですが、一本八十円、市内のバスは二十五円から四十円程、泊まったホテルが朝食のみ付いて、二人部屋に一人で泊って五千五百円位です。観光都市・京都も見習うべきですね。もっとも日本全体が何でも異常に高いのかも知れません。温泉旅館に個人で行けば、二食付きとは言いながら、三万円以上もするのは行き過ぎです。ヨーロッパ人は上記のようなホテルに泊らず、一週間単位でアパート風の部屋を借り、自炊したり、或いは海辺にテントを張って暮したりして、より経済的にバカンスを楽しんでいる人が多いようでした。

リビアはいま、隣国チャドと戦争しているようですが、ここミスラタは全く平穏で、時々、近くのミスラタ空軍基地からジェット戦闘機が飛び立ち、上空で演習をしているのが見える位です。イラン・イラク戦争の影響で、原油のスポット売りが多くなり、リビアの石油収入が上向いているのに、自国の戦争で無駄な金を使い、国民の生活を圧迫しているようです。表面には出ないのですが、肉親を無くくし、陰で泣いている人も多いと聞きます。

工事の方は、割合順調に進んでいますが、九月一日に予定していた圧延工場の初ローリング（初めて製品を造るテスト）は、リビア政府が海外より買うビレット（圧延するための鋼棒）の手配が政府内の手続き遅れで、間に合わぬため延期になりました。九月一日はリビアの独立記念日にあたり、この国で最も重要な日ですから、政府も本腰を入れて対応してくれるものと思っていたのですが、やはり予定通りにはなかなか進まないものです。圧延操業の指導を担当する人、リビア人を現地で教育する人等、続々と神戸から送り込まれているのですが、困ったことです。この国で事に当たる場合の格言、あせらず、あてにせず、そして、あきらめず、という三つのあ（A）は生きているようです。

当地に来て、はや五ヵ月半が経過しました。この間、体重は全く変わらず、毎朝始業前に現場の本事務所の広場で、約五十人の職員を前にしてラジオ体操の号令を掛けています。至って元気にしておりますので、ご休心下さい。

さて、順子からお聞きかと思いますが、来月九月二十七日（日）に日本に休暇で帰国する予定です。以前は八ヵ月毎に一ヵ月の休暇でしたが、いまは六ヵ月毎に三週間と変っており、日本では日曜日は二回しか過せません。かねてより計画しておりましたご両親の金婚式及び宴会を、その間に是非行わせて頂きたいと考え、順子に段取りを頼んでいます。六月に、詳しくその準備内容を記した手紙を送ったのですが、郵便事故で届いていなかったらしく、一寸慌てていますが、義弘さんとも相談して、適当な場所・日時を決めてくれると思います。その節は宜しくお願い申し上げます。


最後に休暇後の再赴任時の手紙でこの後、翌年三月に任務終了で帰国した。

6　昭和六十二年（一九八七）十二月十一日

師走も半ばとなり、京都では寒さも日々募っている事と推察しております。また、何かとせわしく感じられる事でしょう。

当方、再赴任して早や二ヵ月に成りました。十一月初めより雨季に入り、当初は連日俄雨が降って、本格的な雨が予想されましたが、この二〜三週間、雨らしい雨も降らず、工事をしている者にとっては有難い事です。リビアといっても、やはり冬、朝夕は寒い位に冷え込みますが、日中はポカポカと暖かい気持ちの良い天気になっています。時々、南方のリビア砂漠より吹き出して来るギブリ（熱砂風）の発生があり、ムッとした暑さと空一面薄黄色の砂塵に覆われる日もあります。

仕事の方は順調です。唯、毎日何やかやと忙しく、月日が飛ぶように過ぎて行く感じです。現在、日本人だけで約百六十人滞在しており、このミスラタのキャンプも満員に近くなりました。年末から来年初めにかけて、休暇で帰国する運の良い人も何人かはいるものの、殆どの人がこのまま新年を迎えます。

客先の都合で遅れていた圧延工場の試操業も、漸く見通しがつき、来年二月には挙行できそうで、国の最高指導者であるカダフィさんも出席して盛大なお祝いをする事になるでしょう。工場の建物や機械の土台を造る土建の人間が、こういう式典に参加する事は珍しく、良い思い出になるのではないかと期待しております。間も無くこのプロジェクトを受注してから満七年になります。今、ようやく最終仕上げの段階に入ったところです。

先月、二十八・二十九日と連続して日本で飛行機事故があったようですね。まだ新聞が届いていないため、詳しい事は不明ですが、「ラジオ日本」の放送やテレックスのニュースから大体の事は知りました。特に二十九日の大韓航空の事故は、アブダビから先、ソウルまでが、このリビア・トリポリからわれわれの帰国ルートと同じで、しかも大韓航空と言うことで、キャンプ内でも大きな話題となりました。

犠牲者の殆どがイラクに出稼ぎに行っていた韓国人ワーカーとスタッフで、当地で工事をしている現代建設、大宇建設それに当社の下請である三星建設の人々であったようです。日本赤軍が絡んでいるとか、北朝鮮の陰謀とか、いろいろ言われていますが、真相はどうなのでしょう。テロは恐ろしいものです。

早速、神戸本社より指示が出て、韓国の大統領選挙が終り、落着くまでの間として、来年一月末頃まで、リビア・日本間の往復に大韓航空機の利用を中止するようになりました。

先日、日本からの赴任者の手荷物として、新巻鮭、数の子、お餅等、正月用食品が届きました。今度の元旦は金曜日、十二月三十一日まで仕事があり、また一月二日から仕事を始めますので、全く普通の月・週と変わらない正月になりますが、気分だけでも新たになることでしょう。私自身、至って元気にしておりますので御休心下さい。

第六節　義母の事故死

　一樹のリビア赴任中、昭和六十三年（一九八八）二月十日に澤井家で大事件が起きた。義母ヨシノが交通事故で亡くなったのである。自転車に乗って買物の途中、宇治橋近くでダンプカーと接触したためだった。

　丁度その時、現場のキャンプで、一樹は不思議な体験をした。二月十二日の夜、キャンプ自室のベッドで、いつもはスッと寝られるのに、その夜に限って、何故か寝られない。殆ど一睡もせず朝になった。何となく不安になり、三星建設の事務所から、日本の自宅に電話した。順子が出たので、何か変った事は無いかと訊いたが、別に何もないとの返事だった。逆に来月の帰国予定が変更になったのか、と尋ねてきた。

　三月二十六日、イギリスでの仕事があったので当初の予定日から遅れて帰国すると、母・ヒサが、大変な事があったと、順子の母の交通事故を真っ先に話した。驚いて、それまで黙っていた順子に問い質すと、実は、二月十日京都の宇治で母は事故死した。四十九日の法要が明日二十七日にある。

との事であった。先日リビアから電話した時は、丁度葬式が終わって帰宅したところだったが、事故死や葬式の話を私にしても、遠い所にいる者に要らぬ心配をさせるだけで、何にもならないと判断して黙っていたとの事。改めて、あの夜、寝付かれなかったのは、義母の時空を超えた心のシグナルであったのかとあらぬことを思った。帰国した翌日の法事にも、奇しくも間に合ったのは、これまた亡き義母の取計らいであったのかも知れないと、当日集まった親戚の者一同が、一様に不思議な感じを持った。

思い返すと、その前年の十月四日、リビアから休暇で帰国していた一樹は、義父の招待で順子と共に京都の四条大橋のたもとの中華料理店・東華采館で義母ヨシノと義弘を加えた五人で会食した。その帰り店先で四条大橋の東、京阪電車四条駅に向かう澤井家の三人と西の阪急電車河原町駅に向かう一樹夫婦が別れたが、一樹が何度振返っても、大橋の上で三人は立ち止まって手を振って見送っていた。何故かそれが気になっていたが、それが義母ヨシノとの今生の別れになってしまった。

第七節　義父の死と遺産相続

以後、七十六歳の義父は一人暮らしとなった。義弘は、泰子がヨシノを打擲《ちょうちゃく》した事件の後、家族と共に家を出る時、姉順子に、親のどちらかが亡くなった時には、また宇治の家に戻ると言って約束したにも拘わらず、戻ることはなかった。父義康が同居を拒否したらしく、別居状態を決定的にした。義康は、順子と共に訪ねた一樹と会う度に、炊事、洗濯、身の周りの全てを独り何とかやっていますよ、と平静を装い答えて五年余、時々順子に電話が掛かって来たが、一樹にはその声が次第に細く弱々しくなって来たように感じていた。平成五年（一九九三）十二月、義父は独り住まいの無理が祟ったのか、ぎっくり腰で身動きできなくなり入院した。そして、入院中の翌平成六年（一九九四）二月十六日、宇治黄檗の病院で院内感染の肺炎により亡くなった。満八十一歳であった。この間、妻順子は、泊まりがけも含めて何回も看病に神戸から通った。それだけでは済まず、順子は神戸自宅の二階の納戸の隅に怪しげな祭壇を設けて、一日に何度も父の病気平癒のお祈りを続けていた。偶然、片付け忘れていた祭壇を一樹が見付けて順子に詰問すると、近所のある人から言われて、数十万円する祭壇とお札《ふだ》を密《ひそ》かに購入して、お祈りを続けていたとの由、余りの浅はかな行動に驚いたが、それほど藁にも縋《すが》る気持ちで父の事を気遣っていたのかと思い、言い過ぎた事を後悔した。見舞いに行った一樹に義父は、義弘も見舞いに来るが、帰れと言って追い返しています、と伝えていた。順子に対しては、遺産の全てをお前にやると口頭で何回も言い、義弘は俺が死ぬのを待っている、義弘に殺される、などの耳を疑うような言葉を聞いていた。

さすがに、長男義弘が自宅で段取りした二月十七日の通夜、一樹も宇治の家に行っていたが、二階の隣室で寝ていた義弘はうなされて、階下の祭壇前で仮寝をしていた順子に、父が階段を上がって来たと訴え、恐怖で泣いていたらしい。義父が生前言っていたことが本当のように思えた。翌二月十八日の葬儀の日、今まで顔を見なかった泰子を久し振りに見た。二人の息子と姉達も顔を揃えて一部屋に籠もっていたが、順子や一樹を見ても全くの他人を見るような素振りで、ひと言の挨拶もなかった。順子と泰子側の間の断絶の深さを垣間見た。

この後始まる遺産相続の問題は、詳細を以下の章で記した通りである。前記した病床の義父の言葉は、まるで何もなかったように、義弘は澤井家の跡取りを主張し、自身で勝手に宇治の家に戻っていた。相続の話がしたいと順子を実家に呼びつけ、一樹が順子と共に宇治の家に駆け付けた時には、義弘は金庫を開けて見たが、遺書は何も無かったと言い、順子に何の断りもなしに古道具屋を呼び、家財の整理を始めていた。

一樹は、まず遺産相続の権利のある順子の立会いなく、金庫を開け遺書の有無を確かめたのは許されない行為だと詰め寄ったが、相続の話は姉とするが、あんたは関係ないと言い、ただ据わった目付きで姉順子だけを睨んで、この家の長男は自分（義弘）であり、家を継ぐのは自分であり、一切の遺産は自分一人で相続すると主張を繰り返し、順子に承諾を迫った。順子は無言で、ただ俯いて涙を拭いていたが、脇から一樹が病床で会った義父の様子や言葉を伝えて、義弘は義父の意思に背いたため、全ての遺産は順子にやるという遺書がある筈と伝えたことに頷いていた。また、勝手に家財を処分していることも違法である、生前、骨董品中に義父から見せて貰った中国・漢時代の「耳杯セット」がある筈と述べたが、返事はなく無視した。この時、隣の部屋で作業していた古道具屋の手が止まり、聞き耳を立てていたのを一樹ははっきり感じた。当然、その品が有る事を知っていた義弘が先取りして、自分だけで売却処分しようとしていたのは明らかであった。話の合間に、一樹が隣室で整理中の掛軸類の中に「英一蝶《はなぶさいっちょう》」の画いた絵図を見付けて、それを順子分に取ろうとしたが、古物商が、それが本物であるかどうか知れないが、それを除かれると一式十万円（この金額も義弘が勝手に取り決めていた）という引き取り金額が難しくなると訴えたため止めにした。代わりに、古物商が本物に違いないという「幸野楳嶺《こうのばいれい》」の絵掛軸を貰った。後日、義弘から順子に入った電話で、古物商から、買い取った骨董品の中に値段の高い古地図が挟まっていたのでその分として三万円が追加で支払われたとの事、やはり「英一蝶」の画が本物であったに違いなく、古物商の気が引けた結果であろう。

結局、順子は義弘の余りに強引な主張に耐え切れず、自分はもう何も要らない、全てお前にあげると泣きながら承諾した。脇にいた一樹は慌てて、それはいかん、お前にも老後がある、家・土地などの不動産は義弘に譲るとしても、最低限、義父の預貯金の半分は受取れと間に入って助言し、それで義弘も納得した。二・三日して義弘から、予め用意していた感じで遺産相続協議書が送られてきた。直ちに署名捺印して送り返せとのこと。一樹は、この際、もう一度父の口頭の遺言を思い出させて、父の気持ちに逆らう決着をするつもりか、黙って義弘の主張に反対しても、全財産の半分は受取れると、順子の翻意を促した。しかし、順子は、あの口調では義弘はお金に困っている様子が窺《うかが》える。義弘が澤井家を相続し、父母を始め先祖の供養を続けてくれるのであれば、私は現状で十分満足しているので、先日の協議内容で問題無いとして、ためらうことなく協議書に署名捺印して送り返した。

第三章　順子との生活

第一節　転居と転職

結婚後も同居という条件を付けて、順子を一樹の嫁に迎えた母ヒサは、一方で一つ屋根の下に主婦は二人も要らない、と言って順子が常時家にいることを拒んだ。まだ、五十歳前の母としては当然の考えであった。そのため、順子は結婚する月、その十一月の初めから自分なりに見付けて京都市内の建設会社、岡本鉄工所の臨時職員になっていた。その会社には翌年六月に、一樹が長期出張で新潟県の橋梁の工事現場に行く事になり、同行することになるまで勤務した。宿は同県津川町にあった会社が借り上げの一軒家で、同僚の安本夫婦と共に住むことになった。どちらも新婚であった。一足先に現地にいた一樹が六月五日に津川駅で出迎えたが、順子がギターを肩に掛けて列車から降りてきたのには驚いた。生まれて初めての田舎での新生活を彼女なりに楽しく過ごそうと考えてのことだった。まだまだ無邪気な彼女だった。同年輩の同僚の奥さんとは直ぐ打ち解けて仲良く阿賀野川の畔にある麒麟《きりん》山に登ったりして、橋梁架設工事の現場仕事の夫たちの送り迎えをしていた。また、一樹とは町で一軒の映画館に行ったり、丁度その時新潟市で開催されていた「新潟博覧会」を覗いたり、会津若松市まで出掛けて鶴ヶ城や史跡を訪ねたりした。しかし、八月末「羽越豪雨」と言われた災害で現場が決定的な被害に遭い、工事は中断を余儀なくされて、帰社することになった。その年末近くまで滞在する予定が大きく狂った。

京都に帰って直ぐ、今度は川本組の建設現場の事務所の臨時職員として翌年（一九六八）の二月末まで順子は就職した。そしてその昭和四十三年（一九六八）六月には母ヒサが見付けてきた大山崎町に一家は引っ越した。順子と共に山科の家に住んだのは、僅か一年半余であった。当時、父は前の会社の退職金をはたき、借金までして買った山科の家、六年経ってようやく自分の物になったものの、新しい家を買う資金は、その家を売った代金しかなく、一樹は就職して七年目、結婚して二年足らず、手元に家を買うような金がある筈はなかった。しかも大山崎の家は敷地百十六㎡、床面積六十七㎡、上下五部屋ある新築の一軒家、そのままでは高価でとても手が出なかった。一樹は、現状では購入は無理と考えて、事情を説明して他の適当なマンションを勧めたが、母ヒサは頑として聞かず、足りない分は何処かで工面せよと命じた。当時、まだ満六十二歳であった父・保治は、定年退職後も証券売買の外務員として元の会社に勤めていたが、収入は出来高に応じていたため不安定であり、この様な問題には全くの傍観者のようで相談相手にはなってくれなかった。母はその昔、女学校を卒業して間もなく十九歳で何も知らないまま岩成家に嫁いできて、子供達と大酒飲みの義父や義母との同居生活、安月給取りの父の収入だけではやり繰りが付かず、義父・保多が片手間に始めた西陣織関連の経巻《タテマキ》工場を懸命に手伝った上で、たびたび福井県の実家に帰って窮状を訴えて金の無心をする事があったようである。その事が頭を過《よぎ》り、順子の実家を思いながらの発言だったに違いない。一樹は、当時まだまだ一般的ではなかった銀行ローンの利用は頭から排除して、何とか彼自身で工面できる方法として、会社から退職金の前借りを思い付いた。入社七年目での退職金の前借りの申し出に、会社の経理は驚いたが、借用できる限度額は二十三万円（現在換算百三十二万円）と返事があった。それだけではとても足りないので、止むを得ず恥を忍んで順子の実家から百万円（現在換算約五七〇万円）を借用した。順子の実家からの借金は、それから二年半経った頃、その間の利子十八万円を付け加えて全額返済できた。大山崎の家、狭いながら敷地の隅にやや大きな物置を建て、漸く順子の実家に預けていた嫁入り道具の布団箪笥を収納することが出来た。また順子の祖母の形見である和琴も実家に預けていたが、金襴のカバーを付けて新居の二階の床の間に置き場所を得て持ち込むことが出来た。二面が道路に接した角家の角に、一樹が自ら設計した門柱と塀を赤レンガで積み上げ、鉄製の黒い門扉や柵を設置したが、隣人が密かに各寸法を測り、全く同じものを造り、後になってデザインが良かったので同じ物を造らせて貰いましたと礼を言ってきたこともあった。団地内の建売住宅ながら岩成家として初めての一軒家、これも母のたっての要求で百パーセント父保治の名義で登記した。そこまで尽くした一樹に対し父から一言の挨拶もなかったが、外構もすっかり出来上がった時、道路上に出て腕を組みながら自宅の様子を満足そうに眺めていた父の姿が印象に残っている。順子の勤めは、大山崎に引っ越しした年（一九六八）の九月から、やはり京都市内の山本建設の建築現場に替わって翌年の四月まで勤めた。

一方、その間に一樹の勤めにも大きな転機があった。昭和四十四年（一九六九）の初め、上司から突然話があり、大和橋梁を退職して新日本製鉄㈱か㈱東亜製鋼所のどちらかに行かないかとの事。その時の話では、出て行く理由として、大和橋梁は労働組合が強くストばかりして落ち着かない。ここに居ても今後の受注工事の多寡《たか》が知れている。新日鉄や東亜製鋼などの大手の鉄鋼会社はこれからドンドン橋梁業界に手を出して行くので、先行きが楽しみである。新日鉄・東亜のどちらからも誘いがあり、新しい組織を作る予定があると言っている。一緒に出て行く仲間は、板垣課長他七名の予定との由で、数回会社の外で隠密裏に打合せを行った。彼はその時深くは考えず、より大きな会社で同じ様な仕事をより多く出来れば良いと単純に考えていた。正直その年の春闘も、より一層激しくてストを決行、彼等工事部の人間が対外的に客先と協議・打合せを行う事が多く、ストだからと言って客先対応を疎《おろそ》かには出来ない面があり、身の振り方に困った事がある。営業部の人間も同様であろう。一樹は、結局、退職に合意した。彼が出張で家を留守にしていた時、この大山崎町の家にその上司が訪ねて来て、彼の両親に、彼の退職と転職の承諾を頼んだとの事であった。間もなく転進先は㈱東亜製鋼所と決まった。意見を聞かれた時、東京勤務の可能性が少ない東亜の方が良いと思った仲間が多かったからかも知れない。その時は、この首謀者・山田次長が大和橋梁を退職する本当の理由は判らないままであったが、案外単純な人事異動が原因だったようである。同氏が同年四月、一足先に岡山君と森安君を道連れにして退職した直後、設計部の友永次長が、即工事部の部長として着任した。山田次長が去ってから、一樹は友永部長と設計の藤山部長に誘われた夕食の席で、山田さんに騙されるな、辞めて付いて行っても良い事は無いと口を揃えて説得され、引き止められた。しかし、同年七月十日付けで先発隊の後を追って大和橋梁㈱を退職した。退職時の役職は工事部計画第二係・係長だった。長崎県・平戸大橋の営業用架設計画と見積書をまとめたのが、大和の最後の仕事になった。退職を予定した仲間の内、一人だけが退職を取りやめた。この時一樹が手にした退職金は、一年余前に大山崎の家を購入した際の借入金の返済残額を差引き、十六万二千円であった。㈱東亜製鋼所には間髪を入れず同年同月十六日付けで入社し、神戸市内への通勤が始まった。

順子は、それに刺激されたのか、いつの間にか健康保険の医療点数の計算方法を覚えて、同年の九月以降、京都市内・芹沢病院の臨時職員になり、本格的な勤務を始めた。相変わらず家に居らずに外に出て積極的に働く意欲は続いていた。そんな頃、一樹と同じ年の三月に結婚していた妹夫婦に長女が出来た。一樹夫婦の仲人からも声を掛けられ、順子の両親も心配し始めていた頃、母ヒサから「嫁して三年、子無しは去れ！」という古くからの言い習わしを言われたのか、ある日、六甲山に二人で行楽に出かけた時、登山電車の中で、順子は一樹に同じような考えで離婚を考えているか、と真顔で問いかけてきた。突然の話に戸惑いながら、何を言うか、子供が出来ないのは身近にいる会社の上司二組も同じであり、日本では七組に一組の割合で子がない夫婦がいると統計上の話も持ち出し、そんな心算は全くない、子供が出来なければ出来ないで、どちらのせいにする事もなく暮らす方法もあると説得し、愁眉《しゅうび》を開かせた。それ以後、内孫がいない母は、同じ団地内にいる妹の子供を頻繁に家に入れて子守し溺愛するようになった。順子も、これまたいつの間にか自動車運転免許を取得し、中古のトヨタ・パブリカを購入して、家から京都市内の就職先に通うようになった。最初は縦列駐車になる自宅のガレージに入庫する際、柵にぶつかり壊したり、走行中にガードレールに車体を擦ったり、標識柱にサイドミラーを捥ぎ取られたり、長い坂道でギアー操作ミスで車が後ずさりし始めたりと、運転免許のない一樹が助手席で冷汗をかくような散々のミスを連発していたが、何とか通常運転が出来るようになった。一樹が会社の同僚と近くの淀川河川敷にある水無瀬ゴルフ場に行く時、順子が運転して送り迎えしてくれたり、京都市内の墓参に一家で出掛けたりしていた。また、たまには実家に車で出かけて自慢顔で両親に見せていた事もあった。順子の芹沢病院勤めは、まるまる三年間、昭和四十七年（一九七二）の九月まで続いた。

結婚以来約六年間、順子が断続的に非正規雇用で勤めて得た収入は、現在に換算して総計約七五〇〇万円にもなる。これを残された給与明細表を基にして年月ごとに表にまとめて、以下に示す。

（表①～表③）

順子・収入集計表（表—①）

昭和41年（1966年）　㈱岡本鉄工所　単位：円　（24歳）

月　度	給　与	賞与等	計	再評価率	再評価額	備　考
1月						
2月						
3月						
4月						
5月						
6月						
7月						
8月						
9月						
10月						
11月	22,300		22,300	6.678	**148,919**	岡本鉄工所入社
12月	22,300	5,035	27,335	6.678	**182,543**	
年　計	44,600	5,035	49,635		**331,463**	

昭和42年（1967年）　㈱岡本鉄工所/㈱川本組　単位：円　（25歳）

月　度	給　与	賞与等	計	再評価率	再評価額	備　考
1月	22,300		22,300	6.678	**148,919**	
2月	22,300		22,300	6.678	**148,919**	
3月	22,300		22,300	6.678	**148,919**	
4月	22,300		22,300	6.496	**144,861**	
5月	26,240	3,940	30,180	6.496	**196,049**	退職
6月						
7月						
8月						
9月						
10月						
11月						
12月	15,736		15,736	5.747	**90,435**	川本組入社
年　計	131,176	3,940	135,116		**878,103**	

昭和43年（1968年）　㈱川本組/山本建設㈱　単位：円　（26歳）

月　度	給　与	賞与等	計	再評価率	再評価額	備　考
1月	15,055		15,055	5.747	**86,521**	
2月	11,052		11,052	5.747	**63,516**	退職
3月						
4月						
5月						
6月						
7月						
8月						
9月	10,500		10,500	5.747	**60,344**	山本建設入社
10月	14,700		14,700	5.747	**84,481**	
11月	14,030		14,030	5.747	**80,630**	
12月	9,000	5,690	14,690	5.747	**84,423**	
年　計	74,337	5,690	80,027		**459,915**	

順子・収入集計表（表—②）

昭和44年（1969年）　山本建設㈱/芹沢病院　単位：円　（27歳）

月　度	給　与	賞与等	計	再評価率	再評価額	備　考
1月	11,440		11,440	5.747	**65,746**	
2月	13,390		13,390	5.747	**76,952**	
3月	17,350		17,350	5.747	**99,710**	
4月	27,000		27,000	5.747	**155,169**	退職
5月						
6月						
7月						
8月						
9月	16,750		16,750	5.747	**96,262**	芹沢病院入社
10月	28,880		28,880	5.747	**165,973**	
11月	30,380		30,380	4.392	**133,429**	
12月	29,581	2,000	31,581	4.392	**138,704**	
年　計	174,771	2,000	176,771		**931,946**	

昭和45年（1970年）　芹沢病院　単位：円　（28歳）

月　度	給　与	賞与等	計	再評価率	再評価額	備　考
1月	25,158		25,158	4.392	**110,494**	
2月	31,343		31,343	4.392	**137,658**	
3月	28,494		28,494	4.392	**125,146**	
4月	30,863		30,863	4.392	**135,550**	
5月	30,714		30,714	4.392	**134,896**	
6月	35,370		35,370	4.392	**155,345**	
7月	31,756	7,000	38,756	4.392	**170,216**	
8月	31,415		31,415	4.392	**137,975**	
9月	33,329		33,329	4.392	**146,381**	
10月	33,244		33,244	4.392	**146,008**	
11月	34,180		34,180	4.392	**150,119**	
12月	30,268	10,000	40,268	4.392	**176,857**	
年　計	376,134	17,000	393,134		**1,726,645**	

昭和46年（1971年）　芹沢病院　単位：円　（29歳）

月　度	給　与	賞与等	計	再評価率	再評価額	備　考
1月	25,336		25,336	4.392	**111,276**	
2月	36,858		36,858	4.392	**161,880**	
3月	34,562		34,562	4.392	**151,796**	
4月	35,710		35,710	4.392	**156,838**	
5月	28,278		28,278	4.392	**124,197**	
6月	26,766		26,766	4.392	**117,556**	
7月	37,586	8,000	45,586	4.392	**200,214**	
8月	36,464		36,464	4.392	**160,150**	
9月	38,657		38,657	4.392	**169,782**	
10月	38,267		38,267	4.392	**168,069**	
11月	33,003		33,003	3.810	**125,741**	
12月	30,810	16,000	46,810	3.810	**178,346**	
年　計	402,297	24,000	426,297		**1,825,845**	

順子・収入集計表（表―③）

昭和47年（1972年）　芹沢病院　単位：円　（30歳）

月　度	給　与	賞与等	計	再評価率	再評価額	備　考
1月	31,005		31,005	3.810	**118,129**	
2月	28,714		28,714	3.810	**109,400**	
3月	33,978		33,978	3.810	**129,456**	
4月	40,834		40,834	3.810	**155,578**	
5月	32,667		32,667	3.810	**124,461**	
6月	41,754		41,754	3.810	**159,083**	
7月	39,626	15,035	54,661	3.810	**208,258**	
8月	33,739		33,739	3.810	**128,546**	
9月	45,415		45,415	3.810	**173,031**	退職
10月						
11月						
12月						
年　計	327,732	15,035	342,767		**1,305,942**	

昭和41年（1966）～昭和47年（1972）

非正規雇用での収入金額（再評価）　合計	**7,459,859**

東亜に途中入社した一樹は、今までが超多忙だっただけに、しばらくは閑だった。鋼製橋梁に関する受注、施工体制が全く無い段階で、東亜得意のケーブル関係事業が存在した。そのため新製品の技術資料に目を通したり、吊橋の設計技術の勉強を行ったりしていた。その他、天草・竜ヶ岳吊橋のケーブル関係工事の受注に成功し、主索と吊索の詳細設計の担当者として、名古屋の元請橋梁会社に頻繁に出張したりもした。その内に、北陸地建のOBが入社し、道路公団のOBも加わり、大和橋梁の営業からも要員が入社した。橋梁工事の受注は、まず、建設省の標準設計書が整備されている歩道橋から手を付けて行った。歩道橋は当時の社会現象であちこちに多数設置されるようになっていた。しかし、大手や橋梁専業会社は、規模が小さい割に手数のかかる採算性の悪い案件として、受注を敬遠する傾向が見られた。東亜のように後発で積極的に受注する姿勢はむしろ歓迎されていたようであった。高知県、香川県、兵庫県、神奈川県、大阪府、岡山県、京都府、新潟県などで数多くの歩道橋を継続して施工した。併せて比較的設計が簡単な一般橋も建設省中心に受注できた。そのため一樹は全ての案件に関わることになり、全国各地への出張が継続してあまり家にいない日が続いた。その上、この段階では製作工程を担う部門は東亜社内に無かったため、下請の協力会社として鋼橋製作を外注していたが、その製作管理を担当するのは一樹しかいなかった。忙しさは一層増して行った。東亜での橋梁部隊の初期段階は、入社前の一樹の予想とは大きく外れたが、この様にして始まった。

第二節　順子、保育士に

一方、結婚して六年、満三十一歳になってまだ子供が出来ない順子は一念発起、母ヒサの薦《すす》めもあって大山崎町内にある保育専門学校への進学を決意した。自分の子供が出来ないのであれば、他人の子供の世話をしたいとの考えであった。翌昭和四十八年（一九七三）四月から二年間自宅からせっせと通学し、付属の保育園での実地の保育課程などを経て、昭和五十年（一九七五）三月に保育士の免許を取得し卒業した。卒業を見越して隣の大阪府芥川市の職員採用試験に応募、合格して、卒業の翌月から芥川市職員に就職、早速、市内の川辺保育所配属の保育士となった。多少歳は取っていたが、正規の市職員であった。川辺保育所はいわゆる同和対策の保育所で、零歳児から預かっていた。年に何回か大阪市内で研修会があり、普通の保育所では余り聞かない家庭訪問も頻繁に行って、園児の母親の色々な相談を受け保育上の話合いも行っていた。そのようにして次第に同和専門の保育士になっていったようである。一樹が或る時、同和保育所は同和に対する逆差別を行っているのではないかと順子に問いかけたが、順子は何も知らないのに無責任なことを言うな、と一樹を強い口調でたしなめたこともあった。事実、順子は人知れず同和対策に関する専門書を何冊も手にして勉強していたようである。

一樹の関わった東亜製鋼所での橋梁の仕事は、いかんせん受注量が絶対的に少なくて組織の維持が困難になりつつあった。そのため、橋梁に限らず、土石流を止める透過式の砂防ダムの開発にも手を付けて行った。これは鋼管を児童公園で見かけるジャングルジムのように組み立てて、谷川に設置し土石流を堰《せ》き止めるもので、全国各地の砂防工事事務所で採用されてかなりの好評を得た。そして、ついに、一般的な土建工事や鉄骨工事にも進出し、一樹がこれら二件の現場を引続いて担当することになった。

一件目は、京都府・久御山町の佐山排水機場建設工事である。契約工期は昭和五十年（一九七五）八月十四日から昭和五十一年（一九七六）三月二十五日であった。現場のある久御山町は、現在でも土地は低く、滞水をポンプで近くの古川を経て淀川に放流する必要があるため、ポンプ場の新設となった。現場へは、淀川の対岸にある大山崎の自宅から路線バスで通った。精々三十分程度の近距離であった。担当を命じられた最初は、大和橋梁を辞《や》めて東亜に来たのは、こんな仕事をするためでは無い筈だ、と文句も言いたかったが、異業種の仕事を終えてみて、個人的に非常に得る事が多かったと感じている。

第三節　京都府城陽市に転宅

大きな仕事を終え、ホッとした同年四月の日曜日、どこから見付けて来たのか、母の要望により順子と共に京都府城陽市にある中古の家を見に行った。敷地・約百二十坪、床面積・約五十坪の大きな家を母は大層気に入って、是非買いたいと言い張ったが、一樹は、この一月より神戸から大阪支社に転勤になったとはいえ、通勤するのにかなり遠い事と、青谷梅林の中という市街地調整区域にあるための不便さから、余り良い返事はしていなかった。

その直後、一樹は日本鋼管㈱の連鋳架台の据付工事の現場代理人として神奈川県川崎市に行く事になった。そして、昭和五十一年（一九七六）四月十二日、川崎市の日本鋼管・扇島製鉄所内ある現場に赴任した。本件は東亜が日本鋼管より受注した連続鋳造設備一式の内、それを支える架台である鉄骨構造物の製作・施工を一樹の部署で請け負ったものである。一樹は副所長として現場事務所に入った。約一ヵ月の旅館生活を含めて川崎市への出張暮らしは四ヵ月半に及んだ。

城陽市青谷の家、この現場に来る直前にも母ヒサと見に行ったが、その後も母から、早く契約・

購入したいとの矢の催促が電話であり、結局、会社に中間報告と打合せで大阪に帰った時、五月二十九日に仲介業者を入れて売主と購入契約を交わした。決済の期日は七月二十六日であった。また、大山崎から青谷への引越しは、まだ、一樹が川崎市での工事の出張期間中で、契約決済前の七月十日と決まった。大山崎の家の決済期日は五月末日であったが、買主が隣家、城陽市青谷の家は別荘としていたため、売主は決済前の入居を問題無しとしたため、双方との話合いが巧く運び、通常では有り得ない綱渡り的な転居が出来た。

この京都府下の新居から、一樹は近鉄で新田辺駅から奈良の西大寺駅経由で大阪市内・本町の勤務先に通い、順子はＪＲ奈良線の青谷梅林駅から京都駅経由で芥川市に通った。どちらも一時間半以上かかる遠距離通勤であった。青谷の新居に移って車も中古のパブリカから新車のファミリアに替えた。順子は時々大阪芥川までこの車で通うこともあった。休日は、義父母を乗せて希望により京都や奈良まで行楽にも出掛けていた。

昭和五十三年（一九七八）九月、ソ連（当時）のモスクワで開催される鋼構造に関する国際大会に出席される阪大及び東大の教授三人に業界の四名が随行したが、内一名が東亜から出ることになり、一樹が選ばれた。初めての海外出張十六日間であった。ソ連・ハンガリー・西ドイツ（当時）・イギリスを巡って、技術資料を入手し、帰国後それを翻訳して発表したり、欧州各国の橋梁事情を専門誌に投稿したりして忙しく過ごした。

第四節　一樹、海外勤務へ

昭和五十五年（一九八〇）五月、勤務先が再び神戸本社になり、京都府城陽市からの通勤は無理となり、一樹は六甲台にある東亜の独身社員寮に居住することになった。順子は相変わらず自宅から芥川市に通っていた。寮の所在地は神戸市灘区で最寄りの阪急電鉄六甲駅から急な坂道を十数分登った所にある古い寮であった。収容人数は三百名程であるが、当時、入寮者は既に三分の一の百名程になっていた。部屋は最盛期には二名で使用していたという六畳の和室であった。風呂は大きな浴室であったが、浴槽内にコンクリートブロックで仕切りがしてあり、節約のためか半分しか湯が入らないようになっていた。食事は食堂で朝夕二食、定食が用意されていた。夕食は定時に帰寮して食べる事が少なく、残業後遅く帰ると、そこだけ点灯した薄暗い広い食堂で、テーブルに一樹の分が蚊帳を被せて取り置いてあり、冷めた料理を近くの電子レンジで温めて一人で味気なく食事する事が常であった。通勤は、阪急六甲駅まで歩き、一駅乗って王子公園駅で降り、あと徒歩で通った。寮からは、だらだら坂を下る道筋なので、天気が良い時は、寮から会社まで直接徒歩で、約二十五分で通った事もあるが、逆に寮に帰る場合は、坂がきつくて大変である。

その年（一九八〇）十二月の中頃、突然、リビアの製鉄プロジェクトの担当に選ばれたと上司から伝えられた。三年程前、社内で技術系部員を対象にした安全の研修会で、一樹が最後に「今お聞きした安全のお話を忠実に守ったら、工事はとても出来ない。どうしたら良いのか」と質問したが、担当課長にとって許し難い暴言と取られ、本部長への讒言《ざんげん》となり、一樹の発言の真意を本人に糺す事もなく、管理職会議で、一方的に一樹を排除することが決まったらしい。直属上司でもないその担当課長から、暫くして「お前の管理職昇進は、今後一切ない。直ぐにでも自ら退職せよ」と告げられたことを思い出した。その後一樹は、その件を無視し忘れて過ごして来たが、今回の人事異動に、懲らしめの意図を改めて感じた。一樹は、過去の柵《しがらみ》をかなぐり捨てて、前向きに新天地での仕事に意義を見い出し、順子にも相談して、即この異動を受け入れた。そして、翌年一月一日付で、同じ神戸本社内のリビア建設部技術課に異動となった。

リビア・ミスラタ・プロジェクトは、リビア政府より発注された一貫製鉄所建設工事であった。一樹の担当する土建工事だけで三百五十八億円（現在換算・約五百五十三億円）の巨大プロジェクトであった。契約工期は約七年間であった。建設場所は、リビアの首都・トリポリの西方約百四十キロメートルの地中海沿岸にあるミスラタ市の郊外、地中海に面していた。昭和五十六年(一九八一)一月二十七日まず初めてのリビア出張となった。以後、二回の赴任と二回の出張、その間の休暇帰国などで昭和六十三年（一九八八）三月末までの七年三ヵ月間、日本とリビアの間を十回往復してこのプロジェクトに携わった。昭和五十六年（一九八一）七月二十七日に一回目の赴任に出発するまで、六甲台の独身寮に出張を挟んで一年三ヵ月居住したことになる。

第五節　神戸への転居と海外再赴任

二年間の赴任を終えて帰国した昭和五十八年（一九八三）九月の初め、現地で管理職になっていた一樹は、とりあえず神戸市内摂津本山駅の南西に位置する管理職用の単身寮に入った。部屋は七畳程度の広さの洋間で、ベッドと机・椅子が備えられていた。風呂は四～五人が入られる大浴場で、食堂での食事内容も独身寮のものと比べて一段上の感があり、日常は、何の不自由も無く快適な住いだった。しかし、何時までも自宅を離れて寮住まいは続けられないと思っていたので、仕事の合間に順子と共に神戸市須磨区高倉台で中古案件の家を見付けて、両親にも見せて相談した。その時はまだ、両親は青谷の家に未練があり、二人はそのまま残るので、一樹夫婦のみ神戸に移れとの事であった。一樹には見付けた高倉台の家は広すぎると考え、結局、垂水区内にミサワホームが売り出していた五十坪程度の住宅地にミサワの家を建てる事にして、手付金十万円を支払った。そして、希望する間取図をミサワに書かせて、十月下旬、具体的に土地・家の契約の話を始めていた。その段階になって、両親が心変りし、やはり、一緒に神戸に行くと言い出した。大慌てで高倉台の家に話を戻し、売買契約を十一月締結し、翌年一月末に決済、二月に転居した。初めて多額のローンを組み月々の返済をする事になった。神戸に移っても順子は遠距離通勤で芥川市に通った。

転居して二週間後、出張で約二ヵ月間リビアに行ったが、後昭和六十二年（一九八七）三月に二回目の赴任で一年間リビアに行ったものの、三年間は同プロジェクトの国内での支援業務に専念したため漸く親子四人の生活に戻れた。家そのものは城陽の家より質が高く、交通の便も良かったので四人ともほぼ満足であった。リビア・プロジェクト七年の約半分・三年半はリビア現地での勤務であり、最初の赴任前後の寮生活を含めると、この八年余の間で五年以上の年月、自宅を留守にする結果になった。

リビアに行っている間、せいぜい手紙を送るとお互い約束していたが、リビアの業務を全て終わって帰国して、その間に順子に宛てた手紙五十八通がそっくり順子の手で保管されていることが判った。それに相当する順子から一樹宛ての便りはたった一通を除いて、帰国する際、現地で処分してしまっていて残っていない。義父義康に送った手紙は、前記したが、その他の手紙を基にして著わしたのが、巻末の参考文献に掲げた拙著『リビア、はるかなり』である。唯一残っていた順子の手紙とそれに対する一樹の付記をここに転記する。

【昭和五十九年（一九八四）三月五日】

一樹様　毎日お忙しい事と存じます。あわただしく行ってしまわれて、やはりお帰りは延びるとの事でしたが、本当でしたね。お疲れは出ていませんか、案じております。どうぞお気をつけて下さいませね。

四丁目の電気屋へ二十五万三千円払いました。物置は十六万円でした。それから門の面格子も入りました。

今日三月四日、電話で三月二十六日に京都の不動産会社が市内の柳馬場四条まで、青谷の家の鍵や権利書や実印や印鑑証明やらもって来てほしいとの事でしたので、行って来ます。お金は小切手ではどうかと言っておりますので、もし小切手でくれたら、お父さんの通帳のある三井銀行か勧銀へ入れようかと言っておられました。ぼちぼち片付けております。あなたが帰られる頃には、ここの庭も出来ているでしょう。

ご両親は三月二十五日には、すっかり青谷を引き上げて来られる予定です。土曜日から掃除に行くと言っておられます。甲斐さんの車で残りの物を持って帰って来られます。ついでに近所にもあいさつするそうです。

そちらは、もうだいぶん良い気候でしょうね。こちらは毎日まだ寒く、でも陽射しはかなり春らしくなって来ました。二月二十六日の日曜日は甲斐さんと愛子さんと淳一（著者注―一樹の妹夫婦とその息子）が来ました。あいにくの雨でしたが、午後からは雨もやみ、淳一はひとりでうろうろ見てまわって、ちゃんと一人で高倉山にも登って来ました。淡路島や大きな船が見えてきれいだそうです。お父さんも今日登ってこられました。沢山の人が上がっているそうですが、風も強いそうです。私はまだそこまで時間のゆとりがなく日曜日もあっという間にすんでしまいます。

どうかお身体に気をつけてお仕事がんばってくださいね。あまりタバコを吸わないようにね。とりあえず近況お知らせします。皆々元気です。

順子

【一樹の付記】

勤務地の関係で神戸の須磨区に移り住む事にして、購入した高倉台の家には同年の二月十日に転宅していた。元の京都の城陽市青谷の家の売買契約は一月十七日に出来たものの残代金を受取る決済日は、当方が急遽リビアに出張して留守中の三月二十六日になった。

当時満七十七歳になっていた父には頼めないので順子が一人で大きな役目である決済に出掛けるようになった。

須磨の家も様々な工事や備品の調達が残っており、順子に頼んで出かけて来た。仕事を持っている順子にやむを得ず色々な負担を掛けていた事がこの手紙で判る。

第六節　一樹は新会社へ、順子は退職

昭和六十三年（一九八八）三月二十六日に一樹がリビア赴任から帰国した翌日、前記したように一樹の留守中に事故で亡くなった義母ヨシノの四十九日の法事が京都宇治で行われた。奇しくも間に合った格好である。

さらに帰国後ホッと一休みする暇も無く、四月一日からは出向先の新会社に出社となった。新会社・東亜鉄構工事㈱が設立されたので、同日付で一樹は同社の工事部長として、㈱東亜製鋼所から出向となった。東亜の副社長が社長であった。新会社設立の機運は、東亜が昨年九月に待望の日本橋梁建設協会の加入会員に認められたことから一気に高まった。その直後に、東亜の本社で「橋梁工事専門会社設立の件」と言う経営会議資料が上程され、決定された。

一樹がリビア滞在中、再三本社からこの人事異動の申入れがあり、本来なら現地滞在をもう少し延ばす予定でいたが、矢の催促で一樹も不承不承で出向を受入れ早めの帰国となった経緯がある。翌平成元年（一九八九）六月の株主総会で一樹は取締役工事部長に就任した。東亜が橋建協の会員

となり、他の大手の橋梁会社とＪＶ（ジョイントベンチャー）を組むことで、東京湾横断道路や阪神高速湾岸線などの大規模な工事を受注でき、親会社の東亜の代わりの工事会社の部長として、西に東に忙しく出張を重ねることは以前と変わらなかった。その年の十一月には、工事会社として大阪の建設コンサルタント会社から台湾での橋梁の技術指導を依頼され、一樹はそのコンサルの人間に成りすまして現地に出張、高雄市と台北市で橋梁の工場製作や架設工事の技術指導を行った事もあった。

一方、順子は芥川市の保育所勤務を翌平成二年（一九九〇）三月に退職するまで十五年間続けた。自宅は大山崎町の後、京都府城陽市に変り、更に神戸市須磨区に移ったが、ＪＲの駅や阪急最寄の駅から四㎞ほど離れた所にある保育所に駅前に預けた自転車で、夏の暑い日も冬の寒い日もひたすら通勤していた。何れも一時間半以上かかる遠距離通勤をものともせず、自分の天職のように勤めた。退職も、一樹が職場で同僚によって「子無しの共稼ぎ（DINKs）」と揶揄されたこともあるが、母が満七〇歳を過ぎ、家事の負担を感じるようになり、何よりも本人が小さな子供相手の中腰の仕事で、しばしば腰痛を訴え始めたことなどが理由であった。一樹からの強い勧めで、それも、そろそろ辞めようかと決心してから担当のクラスの区切りを付けることに腐心して一年以上経過した。退職に際して二枚の大きな色紙に、岩成先生！　順子先生！　と同僚の先生方や園児達がびっしりと寄せ書きしたものを持ち帰り、改めて驚いた。退職後も何年間か、着任して初めの頃担任した園児が社会に出て成人になり、年賀状を忘れず寄越していたこともあった。子供好きの優しい先生として慕われていた証拠である。

順子の退職が具体化するその年（一九九〇）の二月、母ヒサの強い要望で、高倉台一丁目の中古マンションを購入した。四月から順子が家に居るようになり、母の役目が漸く終わったという思いが有ったのかも知れない。この十一月で満七十二歳になる母としても、そろそろ、家事を離れて、ゆっくりしたかったのであろう。マンションを買って、父と二人で過ごしたいと言う訳であった。一樹は、マンションに両親が移住する事には反対した。今の家でゆっくりすれば良いと話した。また、どうしてもマンション暮らしをしてみたいと言うのなら、賃貸で適当な所を借りれば良いとも言ったが、母は同意しなかった。その部屋は、鉄筋コンクリート造五階建ての二階で、築十七年経っている。床面積は六十㎡である。価格は、不動産バブルの最中のため、浴槽の取替え等を含むリフォーム代・仲介手数料等諸経費を入れると何と合計三千六百万円余となった。順子は、お二人が望むならと一〇〇〇万円を自ら負担すると申し出て、一樹も仕方なく購入に賛同したのである。一ヵ月程でリフォームが終わると、母はせっせと水屋、応接セット、食器、冷蔵庫などの家財道具を購入してはマンションに届けさせていた。そして六月二十九日引っ越しを行い、父と移り住んで行った。ところが、僅か三ヵ月程で、何にも言わず戻って来てしまった。やはり、二人だけで暮らすのは、父の年齢（満八十四歳）からも無理があり、向こうでも家事は母が務める事になり、継続して生活できない事を悟ったとしか考えられない。その後は、丁度その頃、市内の女子大の学生で、当家に下宿していた孫娘（妹の長女）が、同級生のお金持ちで良家の娘を誘って、泊りがけで遊ぶ場所になって仕舞った。孫娘が大学を卒業し、大阪に就職した後は、勿体ない事ながら、単なる空家として放置されることになった。

　退職後の順子は母ヒサに代わり専業主婦として甲斐甲斐しく働いた。勤めで疎かになっていた料理を母から手ほどきを受けたり、暇を見て地区のママさんコーラスのメンバーになり大勢の仲間と練習に励んだり、早起き体操の会員となり近くの高倉山に早朝登り、その回数で表彰されたり、地元の図書館通いも頻繁に行い、好きな読書に勤《いそ》しんだり、結構本人は楽しそうに過ごしていた。

第七節　順子の給与

順子が芥川市に勤めた十五年間の給与明細が一樹の手元に残っている。これを年月毎にまとめて、先に示した非正規勤務の表と同様に、日本年金機構が発表している平成三十一年度の再評価率を考慮した現在換算値も付け加えた表を以下に示す。(表④〜表⑨)

順子・収入集計表（表―④）

昭和50年（1975年）　茶川市役所　単位：円　（33歳）

月　度	給　与	賞与等	計	再評価率	再評価額	備　考
1月						
2月						
3月						
4月	121,532		121,532	2.380	**289,246**	入庁
5月	123,312		123,312	2.380	**293,483**	
6月	126,312	164,961	291,273	2.380	**693,230**	
7月	129,012		129,012	2.380	**307,049**	
8月	142,732		142,732	2.380	**339,702**	
9月	135,622		135,622	2.380	**322,780**	
10月	158,638		158,638	2.380	**377,558**	
11月	149,313		149,313	2.380	**355,365**	
12月	156,471	351,847	508,318	2.380	**1,209,797**	
年　計	1,242,944	516,808	1,759,752		**4,188,210**	

昭和51年（1976年）　茶川市役所　単位：円　（34歳）

月　度	給　与	賞与等	計	再評価率	再評価額	備　考
1月	215,239		215,239	2.380	**512,269**	
2月	165,878		165,878	2.380	**394,790**	
3月	235,390		235,390	2.380	**560,228**	
4月	174,806		174,806	2.380	**416,038**	
5月	169,216		169,216	2.380	**402,734**	
6月	174,216	286,632	460,848	2.380	**1,096,818**	
7月	169,166		169,166	2.380	**402,615**	
8月	169,166		169,166	1.968	**332,919**	
9月	169,166		169,166	1.968	**332,919**	
10月	169,166		169,166	1.968	**332,919**	
11月	169,166		169,166	1.968	**332,919**	
12月	169,166	386,954	556,120	1.968	**1,094,444**	
年　計	2,149,741	673,586	2,823,327		**6,211,611**	

昭和52年（1977年）　茶川市役所　単位：円　（35歳）

月　度	給　与	賞与等	計	再評価率	再評価額	備　考
1月	185,476		185,476	1.968	**365,017**	
2月	185,476		185,476	1.968	**365,017**	
3月	186,116		186,116	1.968	**366,276**	
4月	189,332		189,332	1.968	**372,605**	
5月	187,680		187,680	1.968	**369,354**	
6月	182,720	301,760	484,480	1.968	**953,457**	
7月	190,434		190,434	1.968	**374,774**	
8月	190,434		190,434	1.968	**374,774**	
9月	177,762		177,762	1.968	**349,836**	
10月	187,864		187,864	1.968	**369,716**	
11月	193,589		193,589	1.968	**380,983**	
12月	287,112	402,894	690,006	1.968	**1,357,932**	
年　計	2,343,995	704,654	3,048,649		**5,999,741**	

順子・収入集計表（表—⑤）

昭和53年（1978年）　　芥川市役所　　単位：円　　（36歳）

月　度	給　与	賞与等	計	再評価率	再評価額	備　考
1月	211,077		211,077	1.968	**415,400**	
2月	193,160		193,160	1.968	**380,139**	
3月	206,477		206,477	1.968	**406,347**	
4月	204,563		204,563	1.809	**370,054**	
5月	202,336		202,336	1.809	**366,026**	
6月	205,660	335,888	541,548	1.809	**979,660**	
7月	213,372		213,372	1.809	**385,990**	
8月	229,506		229,506	1.809	**415,176**	
9月	201,555		201,555	1.809	**364,613**	
10月	214,594		214,594	1.809	**388,201**	
11月	212,400		212,400	1.809	**384,232**	
12月	221,122	443,945	665,067	1.809	**1,203,106**	
年　計	2,515,822	779,833	3,295,655		**6,058,943**	

昭和54年（1979年）　　芥川市役所　　単位：円　　（37歳）

月　度	給　与	賞与等	計	再評価率	再評価額	備　考
1月	220,146		220,146	1.809	**398,244**	
2月	224,566		224,566	1.809	**406,240**	
3月	215,576		215,576	1.809	**389,977**	
4月	224,131		224,131	1.715	**384,385**	
5月	226,381		226,381	1.715	**388,243**	
6月	217,906	363,705	581,611	1.715	**997,463**	
7月	231,276		231,276	1.715	**396,638**	
8月	232,421		232,421	1.715	**398,602**	
9月	213,821		213,821	1.715	**366,703**	
10月	241,862		241,862	1.715	**414,793**	
11月	246,726		246,726	1.715	**423,135**	
12月	230,074	482,695	712,769	1.715	**1,222,399**	
年　計	2,724,886	846,400	3,571,286		**6,186,823**	

昭和55年（1980年）　　芥川市役所　　単位：円　　（38歳）

月　度	給　与	賞与等	計	再評価率	再評価額	備　考
1月	251,448		251,448	1.715	**431,233**	
2月	244,531		244,531	1.715	**419,371**	
3月	254,515		254,515	1.715	**436,493**	
4月	250,726		250,726	1.715	**429,995**	
5月	256,033		256,033	1.715	**439,097**	
6月	258,911	396,821	655,732	1.715	**1,124,580**	
7月	257,892		257,892	1.715	**442,285**	
8月	238,506		238,506	1.715	**409,038**	
9月	235,887		235,887	1.715	**404,546**	
10月	248,912		248,912	1.544	**384,320**	
11月	243,008		243,008	1.544	**375,204**	
12月	285,446	531,165	816,611	1.544	**1,260,847**	
年　計	3,025,815	927,986	3,953,801		**6,557,010**	

順子・収入集計表（表—⑥）

昭和56年（1981年）　茶川市役所　単位：円　（39歳）

月　度	給　与	賞与等	計	再評価率	再評価額	備　考
1月	271,092		271,092	1.544	**418,566**	
2月	268,128		268,128	1.544	**413,990**	
3月	266,564		266,564	1.544	**411,575**	
4月	255,378		255,378	1.544	**394,304**	
5月	251,106		251,106	1.544	**387,708**	
6月	255,798	445,491	701,289	1.544	**1,082,790**	
7月	246,414		246,414	1.544	**380,463**	
8月	240,158		240,158	1.544	**370,804**	
9月	243,286		243,286	1.544	**375,634**	
10月	249,930		249,930	1.544	**385,892**	
11月	256,857		256,857	1.544	**396,587**	
12月	383,484	545,130	928,614	1.544	**1,433,780**	
年　計	3,188,195	990,621	4,178,816		**6,452,092**	

昭和57年（1982年）　茶川市役所　単位：円　（40歳）

月　度	給　与	賞与等	計	再評価率	再評価額	備　考
1月	274,609		274,609	1.544	**423,996**	
2月	273,705		273,705	1.544	**422,601**	
3月	264,855		264,855	1.544	**408,936**	
4月	277,219		277,219	1.470	**407,512**	
5月	288,775		288,775	1.470	**424,499**	
6月	318,357	469,750	788,107	1.470	**1,158,517**	
7月	316,391		316,391	1.470	**465,095**	
8月	306,915		306,915	1.470	**451,165**	
9月	274,967		274,967	1.470	**404,201**	
10月	295,679		295,679	1.470	**434,648**	
11月	314,665		314,665	1.470	**462,558**	
12月	306,035	607,608	913,643	1.470	**1,343,055**	
年　計	3,512,172	1,077,358	4,589,530		**6,806,784**	

昭和58年（1983年）　茶川市役所　単位：円　（41歳）

月　度	給　与	賞与等	計	再評価率	再評価額	備　考
1月	302,743		302,743	1.470	**445,032**	
2月	299,291		299,291	1.470	**439,958**	
3月	292,227		292,227	1.470	**429,574**	
4月	338,233		338,233	1.419	**479,953**	
5月	336,333		336,333	1.419	**477,257**	
6月	313,063	506,127	819,190	1.419	**1,162,431**	
7月	322,013		322,013	1.419	**456,936**	
8月	307,903		307,903	1.419	**436,914**	
9月	297,003		297,003	1.419	**421,447**	
10月	322,063		322,063	1.419	**457,007**	
11月	346,753		346,753	1.419	**492,043**	
12月	306,113	601,408	907,521	1.419	**1,287,772**	
年　計	3,783,738	1,107,535	4,891,273		**6,986,324**	

順子・収入集計表（表—⑦）

昭和59年（1984年）　芥川市役所　単位：円　（42歳）

月　度	給　与	賞与等	計	再評価率	再評価額	備　考
1月	333,509		333,509	1.419	**473,249**	
2月	318,909		318,909	1.419	**452,532**	
3月	315,099		315,099	1.419	**447,125**	
4月	349,587		349,587	1.364	**476,837**	
5月	343,091		343,091	1.364	**467,976**	
6月	333,636	515,966	849,602	1.364	**1,158,857**	
7月	348,764		348,764	1.364	**475,714**	
8月	356,328		356,328	1.364	**486,031**	
9月	326,812		326,812	1.364	**445,772**	
10月	344,982		344,982	1.364	**470,555**	
11月	357,098		357,098	1.364	**487,082**	
12月	416,137	673,746	1,089,883	1.364	**1,486,600**	
年　計	4,143,952	1,189,712	5,333,664		**7,328,331**	

昭和60年（1985年）　芥川市役所　単位：円　（43歳）

月　度	給　与	賞与等	計	再評価率	再評価額	備　考
1月	347,222		347,222	1.364	**473,611**	
2月	346,029		346,029	1.364	**471,984**	
3月	356,987		356,987	1.364	**486,930**	
4月	391,750		391,750	1.364	**534,347**	
5月	358,045		358,045	1.364	**488,373**	
6月	361,793	517,129	878,922	1.364	**1,198,850**	
7月	366,835		366,835	1.364	**500,363**	
8月	370,029		370,029	1.364	**504,720**	
9月	356,505		356,505	1.364	**486,273**	
10月	343,743		343,743	1.291	**443,772**	
11月	371,932		371,932	1.291	**480,164**	
12月	365,985	680,433	1,046,418	1.291	**1,350,926**	
年　計	4,336,855	1,197,562	5,534,417		**7,420,312**	

昭和61年（1986年）　芥川市役所　単位：円　（44歳）

月　度	給　与	賞与等	計	再評価率	再評価額	備　考
1月	366,929		366,929	1.291	**473,705**	
2月	364,782		364,782	1.291	**470,934**	
3月	384,105		384,105	1.291	**495,880**	
4月	399,134		399,134	1.291	**515,282**	
5月	377,664		377,664	1.291	**487,564**	
6月	375,517	578,921	954,438	1.291	**1,232,179**	
7月	377,664		377,664	1.291	**487,564**	
8月	386,252		386,252	1.291	**498,651**	
9月	359,831		359,831	1.291	**464,542**	
10月	399,899		399,899	1.291	**516,270**	
11月	402,297		402,297	1.291	**519,365**	
12月	400,076	748,000	1,148,076	1.291	**1,482,166**	
年　計	4,594,150	1,326,921	5,921,071		**7,644,103**	

順子・収入集計表（表―⑧）

昭和62年（1987年）　茶川市役所　単位：円　（45歳）

月　度	給　与	賞与等	計	再評価率	再評価額	備　考
1月	410,018		410,018	1.291	**529,333**	
2月	397,818		397,818	1.291	**513,583**	
3月	406,766		406,766	1.291	**525,135**	
4月	386,633		386,633	1.257	**485,998**	
5月	377,685		377,685	1.257	**474,750**	
6月	400,775	602,730	1,003,505	1.257	**1,261,406**	
7月	373,931		373,931	1.257	**470,031**	
8月	400,795		400,795	1.257	**503,799**	
9月	379,922		379,922	1.257	**477,562**	
10月	399,270		399,270	1.257	**501,882**	
11月	407,614		407,614	1.257	**512,371**	
12月	420,074	777,700	1,197,774	1.257	**1,505,602**	
年　計	4,761,301	1,380,430	6,141,731		**7,761,452**	

昭和63年（1988年）　茶川市役所　単位：円　（46歳）

月　度	給　与	賞与等	計	再評価率	再評価額	備　考
1月	415,224		415,224	1.257	**521,937**	
2月	396,496		396,496	1.257	**498,395**	
3月	398,837		398,837	1.257	**501,338**	
4月	410,542		410,542	1.227	**503,735**	
5月	400,458		400,458	1.227	**491,362**	
6月	408,921	599,621	1,008,542	1.227	**1,237,481**	
7月	410,542		410,542	1.227	**503,735**	
8月	435,573		435,573	1.227	**534,448**	
9月	395,776		395,776	1.227	**485,617**	
10月	415,650		415,650	1.227	**510,003**	
11月	463,094		463,094	1.227	**568,216**	
12月	407,858	813,450	1,221,308	1.227	**1,498,545**	
年　計	4,958,971	1,413,071	6,372,042		**7,854,812**	

平成1年（1989年）　茶川市役所　単位：円　（47歳）

月　度	給　与	賞与等	計	再評価率	再評価額	備　考
1月	435,962		435,962	1.227	**534,925**	
2月	433,494		433,494	1.227	**531,897**	
3月	418,686		418,686	1.227	**513,728**	
4月	459,922		459,922	1.227	**564,324**	
5月	425,092		425,092	1.227	**521,588**	
6月	436,772	695,391	1,132,163	1.227	**1,389,164**	
7月	434,274		434,274	1.227	**532,854**	
8月	446,764		446,764	1.227	**548,179**	
9月	401,800		401,800	1.227	**493,009**	
10月	439,488		439,488	1.227	**539,252**	
11月	456,420		456,420	1.227	**560,027**	
12月	425,580	856,625	1,282,205	1.153	**1,478,382**	
年　計	5,214,254	1,552,016	6,766,270		**8,207,330**	

順子・収入集計表（表―⑨）

平成2年（1990年）　　茶川市役所　　単位：円　　（48歳）

月　度	給　与	賞与・退職金等	計	再評価率	再評価額	備　考
1月	432,040		432,040	1.153	**498,142**	
2月	432,040		432,040	1.153	**498,142**	（内、退職金）
3月	432,040	7,148,248	7,580,288	1.153	**8,740,072**	**7,721,203**
4月						（３月末退職）
5月						
6月						
7月						
8月						
9月						
10月						
11月						
12月						
年　計	1,296,120	7,148,248	8,444,368		**9,736,356**	

昭和50年（1975）～平成2年（1990）

茶川市役所での収入金額（再評価）　合計	**111,400,234**

退職金は自己都合による中途退職のため、定年退職の場合より二十五％程低くされたが、約六七〇万円（現在換算で約七七〇万円）であった。さらに、順子の結婚後の生涯収入を表示した。（表⑩）現在換算の再評価金額合計は一億二千万円近くになった。この様な一欄表にして総額を一樹が確認したのは最近のことであり、改めて順子の働き振りを数値で認知して頭が下がる思いであった。公務員の給与には男女間に差はないと言われているので、順子の就職直後の昭和五十一年（一九七六）の給与と退職直前の平成元年（一九八九）の給与を同じ年齢時の一樹の給与とを比べてみた。（表⑪・表⑫）

岩成順子の生涯収入（結婚後）（表—⑩）

（単位：円）

西暦	和暦	受給金額 実績値	再評価後の金額	勤務先 ・ 期間等
1966年	昭和41年	49,635	**331,463**	岡本鉄工・11月から
1967年	昭和42年	135,116	**878,103**	岡本・5月まで、川本組・12月から
1968年	昭和43年	80,027	**459,915**	川本・2月まで、山本建設・9月から
1969年	昭和44年	176,771	**931,946**	山本・4月まで、芹沢病院・9月から
1970年	昭和45年	393,134	**1,726,645**	芹沢病院
1971年	昭和46年	426,297	**1,825,845**	芹沢病院
1972年	昭和47年	342,767	**1,305,942**	芹沢病院・9月まで
1973年	昭和48年	0	**0**	保育専門学校で修学
1974年	昭和49年	0	**0**	保育専門学校で修学
1975年	昭和50年	1,759,803	**4,188,210**	芥川市・4月から就職・保母
1976年	昭和51年	2,823,327	**6,211,611**	芥川市
1977年	昭和52年	3,048,649	**5,999,741**	芥川市
1978年	昭和53年	3,295,655	**6,058,943**	芥川市
1979年	昭和54年	3,571,286	**6,186,823**	芥川市
1980年	昭和55年	3,952,303	**6,557,010**	芥川市
1981年	昭和56年	4,178,816	**6,452,092**	芥川市
1982年	昭和57年	4,589,530	**6,806,784**	芥川市
1983年	昭和58年	4,891,273	**6,986,324**	芥川市
1984年	昭和59年	5,333,664	**7,328,331**	芥川市
1985年	昭和60年	5,534,417	**7,420,312**	芥川市
1986年	昭和61年	5,921,071	**7,644,103**	芥川市
1987年	昭和62年	6,141,731	**7,761,452**	芥川市
1988年	昭和63年	6,372,042	**7,854,812**	芥川市
1989年	平成元年	6,766,270	**8,207,330**	芥川市
1990年	平成2年	8,444,368	**9,736,356**	芥川市・3月で退職、退職金込み
計		**78,227,952**	**118,860,093**	

岩成順子と岩成一樹の給与等の比較表（表―⑪）

昭和51年（1976年）　岩成　順子　単位：円　（34歳）

月　度	給　与	賞与等	計	再評価率	再評価額	備　考
1月	215,239		215,239	2.380	**512,269**	
2月	165,878		165,878	2.380	**394,790**	
3月	235,390		235,390	2.380	**560,228**	
4月	174,806		174,806	2.380	**416,038**	
5月	169,216		169,216	2.380	**402,734**	
6月	174,216	286,632	460,848	2.380	**1,096,818**	
7月	169,166		169,166	2.380	**402,615**	
8月	169,166		169,166	1.968	**332,919**	
9月	169,166		169,166	1.968	**332,919**	
10月	169,166		169,166	1.968	**332,919**	
11月	169,166		169,166	1.968	**332,919**	
12月	169,166	386,954	556,120	1.968	**1,094,444**	
年　計	2,149,741	673,586	2,823,327		**6,211,611**	

昭和48年（1973年）　岩成　一樹　単位：円　（34歳）

月　度	給　与	賞与等	計	再評価率	再評価額	備　考
1月	123,481		123,481	3.810	**470,463**	
2月	119,374		119,374	3.810	**454,815**	
3月	136,626		136,626	3.810	**520,545**	
4月	177,177		177,177	3.810	**675,044**	
5月	231,615		231,615	3.810	**882,453**	
6月	179,894	404,135	584,029	3.810	**2,225,150**	
7月	148,244		148,244	3.810	**564,810**	
8月	136,811		136,811	3.810	**521,250**	
9月	159,607		159,607	3.810	**608,103**	
10月	161,043		161,043	3.810	**613,574**	
11月	177,289		177,289	2.796	**495,700**	
12月	149,080	585,905	734,985	2.796	**2,055,018**	
年　計	1,900,241	990,040	2,890,281		**10,086,925**	

岩成順子と岩成一樹の給与等の比較表（表―⑫）

平成１年（1989年）　岩成　順子　単位：円　（47歳）

月　度	給　与	賞与等	計	再評価率	再評価額	備　考
1月	435,962		435,962	1.227	**534,925**	
2月	433,494		433,494	1.227	**531,897**	
3月	418,686		418,686	1.227	**513,728**	
4月	459,922		459,922	1.227	**564,324**	
5月	425,092		425,092	1.227	**521,588**	
6月	436,772	695,391	1,132,163	1.227	**1,389,164**	
7月	434,274		434,274	1.227	**532,854**	
8月	446,764		446,764	1.227	**548,179**	
9月	401,800		401,800	1.227	**493,009**	
10月	439,488		439,488	1.227	**539,252**	
11月	456,420		456,420	1.227	**560,027**	
12月	425,580	856,625	1,282,205	1.153	**1,478,382**	
年　計	5,214,254	1,552,016	6,766,270		**8,207,330**	

昭和61年（1986年）　岩成　一樹　単位：円　（47歳）

月　度	給　与	賞与等	計	再評価率	再評価額	備　考
1月	444,321		444,321	1.291	**573,618**	
2月	491,520		491,520	1.291	**634,552**	
3月	429,200		429,200	1.291	**554,097**	
4月	441,825		441,825	1.291	**570,396**	
5月	420,600		420,600	1.291	**542,995**	
6月	420,600	1,364,500	1,785,100	1.291	**2,304,564**	
7月	441,673		441,673	1.291	**570,200**	
8月	482,920		482,920	1.291	**623,450**	
9月	420,600		420,600	1.291	**542,995**	
10月	420,600		420,600	1.291	**542,995**	
11月	420,600		420,600	1.291	**542,995**	
12月	420,300	1,304,500	1,724,800	1.291	**2,226,717**	
年　計	5,254,759	2,669,000	7,923,759		**10,229,573**	

注：－

再評価率は日本年金機構の平成31年度用の【厚生年金保険の再評価率表】による

順子は満三十三才で芥川市の職員となったが、資格は短大卒で保育士である。同市の令和二年の短大卒新入職員の初任給は十八万二千二百円となっている。これを年金機構の再評価率で昭和五十年の初任給で割り戻してみると、七万六千五百となり、順子の諸手当を除いた初任給十万九千四百円と大きな差がある。これから推し測って見ると、明らかに満二十歳の短大卒新入職員の初任給ではなく、年齢相当ではないにしても、年齢をある程度考慮した途中入庁職員の初任給になっていたと思われる。当時、順子からそのことを知らされていたかも知れないが、一樹の記憶にない。一年分の給与総額が分かる翌年、お互い三十四歳の時の順子の給与額は、一樹の給与額の約六〇%と比較的少ない。しかし十三年後、お互い四十七歳の時にはその値が約八十%となり、その差は随分縮小している。内訳を見ると、月給額は超過勤務手当のある順子の額と殆ど変わらず、賞与で差が付いているだけである。一樹が大学卒で管理職という立場であることを考慮すると、私企業の一樹の給与額が足踏み状態で伸び悩んでいるように見え、一方、公務員として順子のそれは相当なものと評価できる。また、退職金を見てみると、勤続十五年の途中退職で六七〇万円（現在換算・約七七二万円）は、一樹が東亜製鋼所に二十四年間勤めて得た退職金は、一四九〇万円（現在換算一五六〇万円）だったことと比べて見ると、勤務年数比を考慮すれば殆ど差はなくなる。まして、順子の方は途中退職として割引されているものと考えると、東亜製鋼という大企業であっても、退職金ベースでは地方官庁より下回っていると考えられ、順子の退職金も相当な金額であると評価できる。当時、その評価を直接本人に伝えていなかったのは悔やまれる。

ここに、日本年金機構が発表している平成三十一年度の「厚生年金保険の再評価率表」の該当部を表⑬に示す。

厚生年金保険の再評価率表（平成31年度、日本年金機構）

（表―⑬）

生年月日 被保険者期間	昭和13年度生まれ ～ 昭和26年度生まれ
昭和４１年　４月　～　昭和４２年　３月	6.678
昭和４２年　４月　～　昭和４３年　３月	6.496
昭和４４年　４月　～　昭和４４年１０月	5.747
昭和４４年１１月　～　昭和４６年１０月	4.392
昭和４６年１１月　～　昭和４８年１０月	3.810
昭和４８年１１月　～　昭和５０年　３月	2.796
昭和５０年　４月　～　昭和５１年　７月	2.380
昭和５１年　８月　～　昭和５３年　３月	1.968
昭和５３年　４月　～　昭和５４年　３月	1.809
昭和５４年　４月　～　昭和５５年　９月	1.715
昭和５５年１０月　～　昭和５７年　３月	1.544
昭和５７年　４月　～　昭和５８年　３月	1.470
昭和５８年　４月　～　昭和５９年　３月	1.419
昭和５９年　４月　～　昭和６０年　９月	1.364
昭和６０年１０月　～　昭和６２年　３月	1.291
昭和６２年　４月　～　昭和６３年　３月	1.257
昭和６３年　４月　～　平成　１年１１月	1.227
平成　１年１２月　～　平成　３年　３月	1.153

給与は全て現金で受け取っていた。まず、順子は袋に現金が入った状態で一樹に見せ、明細書も見せていた。就職して二〜三年経って、一樹が貯金は可なり出来たかと訊ねて、彼女の給与が全てそのまま父・保治に手渡されていたことを初めて知った。その頃の岩成家の家計は父が握っていた。一樹は家に居ることが少なく、順子も昼間は保育所勤めで留守、父も勤めはしていたが、母ヒサは金勘定が一切出来ないため、一括して一月分の家計管理が無理であった。そのため、母が買物をして、料理を担っていたものの、必要なお金は必要な時父に向って手を差し出して貰っていた。もちろん、水道・電気などの光熱費や電話・新聞等通信費及び各種保険・税金は一樹の給与から自動的に引き落とされていたので、月々必要な現金は日々の買物と当時は城陽・青谷の住まいで都市ガスはなく、代わりのプロパンガス代及び小遣い程度であった。従って、毎月現金で給与を受取る順子から、適当な金額を父に渡して、あとは彼女が自分の口座に貯金すれば良いと考えていた。しかし、父は給与袋のまま全てを渡せと順子に要求し、そこから毎月の保険代、交通費、若干の小遣いを順子に渡していたらしい。話を聞いて、それはおかしいと父に談判しようとしたが、順子は、そんなことを義父に言ったら機嫌を損ねてしまい、殆ど家にいない貴方を除いた三人で一緒に住んでおられない。私は現状で良いからと、泣き顔で訴えた。不満は残ったが、以後、一樹は月々の小遣いを付け足して順子に渡し、一定期間ごとにまとまった金額の定期預金を順子名義にしたりしてカバーすると共に、年二回のボーナス時に父母に渡していた小遣いを止めにした。この状態は順子が退職するまで続いた。ただし、最後の退職金だけは現金で持ち帰る訳にはゆかず、順子の銀行口座にそっくり振込まれて無事だった。しかし、この大切な退職金も、先に記したように、母ヒサの強引さに負けて購入した高倉台の中古マンション共同購入費に消えた。母の要望に賛同する形で出費を申し出た順子は、金銭に全く拘らない性格だと改めて知った。順子の死後、そのマンションは余分な資産として売却したが、その価値は十分の一まで下落したものの、僅かな売却代金すら、父保治は購入経緯を考えずに自分の持ち分を主張して一樹に譲ることはなかった。このような訳で、父の死後、図らずも物置から十五年分の順子の給与明細書が給与袋と共に見付かったのである。母からは、一樹が給与を一切家に入れていないと父が不満を言っているとの話を聞いた。毎月の諸費用が一樹の銀行口座から自動的に引き去られていることに何の理解もしないままの勝手な発言であった。

第八節　給与召し上げの経緯

父がこのような態度を何の罪悪感もなく、ケロリとしていることには理由がある。まず、祖父保多の話から始めると、先にも述べた通り、保多は岩成家三十六代、治郎兵衛・知周《ともちか》の五男であった。十六歳の時、父知周が死去、同時に母ついの実弟である治三郎が三十七代当主になった。翌年、十七歳の保多は養子先を離縁し、兄の弥五郎と共に岩成家の分家に復縁した。兄弥五郎が他家の婿養子になり、本人は十八歳で岩成分家の家督を相続した。祖父保多は明治三十年（一八九七）二十一歳の時、福井県巡査を拝命し四年間在籍した。その後、京都に出て京都府巡査になり、二十八歳の時、当時の五条署長の姪であったひさ二十五歳と結婚した。大正七年に末っ子の三男保親が生まれて五女三男計八人の子持ちとなった。翌大正八年（一九一九）七月、四十四歳の祖父保多は突然警察を依願退職した。そして同年同月に、警察時代の経験を買われたのか京都證券取引所に守衛長として就職した。大正九年には亡兄弥五郎の子供二人も引き取り、計十二人の大家族となった。祖父一人の安月給、大家族を抱えた祖母ひさの家計のやり繰りは大変なものであったと推察される。経済的にはどん底状態であったと思われる。大正十一年（一九二二）三月、長男の父保治が京都実習商業学校を卒業、十五歳であった。それを待ち侘びていたように四十六歳の祖父は六月に取引所を退職し、自宅でのうのうとする遊民生活に入ってしまった。直ぐには就職先がなかった父保治は、祖父と入れ替わるようにして同年十月、同取引所に就職した。十五歳の見習い小僧が父保治の出発点であった。父の給与はそのまま祖父保多が管理することになった。さすがに、父の給与だけでは家計が回らなくなったようで、六年間の徒食のあと、昭和三年（一九二八）九月、祖父保多は自宅の向かいの家一軒を借りて西陣織に関係する整糸工場を開業した。工員は最初、祖父母の二人で、さらに働き手として長じた娘・夏子を使っていた小さな家内工業である。

　昭和十二年（一九三七）に父保治が母ヒサと結婚、母ヒサは、翌年誕生した一樹の子守も、祖母ひさや近所に住む義弟の嫁である静子に任せる事が多く、家業の整糸作業に従事せざるを得なかった。母ヒサは福井県下の旧家で周囲から「ちいさん」と呼ばれて、何不自由なく育ったお嬢さんであるが女学校を卒業後間もなくの十八歳で、「岩成家」と親がいう家柄だけを信用して嫁いで来たが、安月給の父保治と義父母や小舅も同居する貧乏所帯、十九歳で一樹を生んでも子育てをそっちのけで、義父保多の命じるままに家内工場で働かざるを得なかった。世間の風を受ける経験が全くないまま、他家の嫁になり、義父保多からは、何も知らない田舎者の女中のように扱われ、余りの環境の変化に、お金の無心を理由に何度も福井の実家に帰り、両親に泣きついていたようである。父保治は母ヒサとの結婚時、歳は一回りも上の三十歳になっていたが、十五年前見習い小僧として證券会社に就職して以来、給与はそのまま保多に召し上げられ、不自由な生活を強いられていた。その間、長男としてまだまだ幼い弟や妹達の生計を担う立場に置かれ、帰宅後は工場の手伝いも行い、献身的な努力を重ねていた。一樹の手元に昭和十一年（一九三六）に撮影したものと思われる一枚の写真がある。正面真中に紋付き袴姿の祖父保多が笑顔でゆったりと座り、脇に妻ひさを配して、当時の岩成家一族郎党、兄弥五郎の息子弥一も後列に並んだ総勢十七名が打ち揃った記念写真である。祖父保多は、良く言えば豪快、悪く言えば見栄張り気質で、町内や地区の役員を自ら進んで受け入れ、役員代行を無理やり母ヒサにやらせたりもした。また、分不相応な寄付も行い、授かった賞状は数が知れない。当然、会合や付合いも多く、酒の席も数知れず、家でも祖母ひさを前に座らせて、くだくだと雑談の相槌を求めながら昼間から酒を呑んでいたし、がらくたばかりの骨董品にも手を出し、家族の迷惑を考えずに一人で楽しんでいたようだ。父保治もそれを苦々しく眺めて過ごした、そんな生活は、祖父保多が大量の血を吐き胃潰瘍で亡くなる昭和二十年（一九四五）の七月まで続いた。一樹は例によって母に連れられて福井の実家に帰り、京都の岩成家に戻った時、仏前に回り灯籠が点き、留守中に祖父保多が亡くなっていた事を知った。その時、母ヒサはもちろん、祖母ひさでさえ涙一滴も出なかったと言っていた。

母ヒサにとっては、岩成家に嫁いで七年余りの鬱積が一挙に無くなったたし、父保治にとっては、二十年以上の間、頭を押さえつけられていた祖父の圧力が外れたのである。しかし、それ以降、もはや夫保治を頼りに出来ないと思っていたので、母ヒサがそれまでの不満を解消させるためには、息子の一樹が大学を卒業し、就職するまで待たなければならなかった。一樹の就職を待ち侘びていたように、母ヒサはその翌年、金銭感覚が全くないまま、父が借金するのも構わず、初めて京都山科で家を買い、借家の長屋住まいから漸く脱出した。以後、五〜七年おきに次々とより良い新しい家の買い換えを一樹に強要し、実現させた。父保治は傍観者のようにその成り行きを眺めているだけなので、一樹は費用のやり繰りを二人に説明するのも諦めて、懸命に母ヒサの要望を支えざるを得なかった。母が祖父から受けた心の傷は深く、自分が亡くなっても祖父と同じ墓に入りたくないと繰り返し訴えていた。一方、父保治は、祖父保多の死後は家計の元締めとなり、昭和三十年（一九五五）四月に亡くなる時まで、日々の買物費用は祖母ひさが取りまとめて父に要求し、母はその他の買物時に必要額をその都度父に要請していた。一樹の就職後は、一樹独自で給与の管理を行っていたが、結婚し順子が保母として定職に就くようになると、父保治の執拗な金銭管理手法が目覚めて、順子の給与一式を直接管理下に置くようになった。父の頭の中では、面白くないものの、祖父保多の管理手法が当たり前との考えで凝り固まり、親が子供の給与を取り上げて何が悪いと思っていた。父保治が老境に入り、一樹が父の預金類を管理しようと申し出たが、百二歳で亡くなる入院の直前まで、息子の一樹にそれを任せようとはしなかった。任せられて初めて内容を確認し、一樹はその総額の少なさに驚いた。順子の給与は、その時から十八年前までのものではあったが、父自身の年金収入を含めると、かなりの蓄えがあった筈にも拘らず、少なくとも数千万円の金の行方がわからなくなっていた。母ヒサの野放図な浪費や溺愛した孫娘への出費も無視出来ない額になるとは考えられたが、その行方は、今さら詮索出来ず、今も大きな謎のままである。一樹にとって悔いの残る結果となった。

第九節　阪神大震災と一樹の転進

平成三年（一九九一）六月、一樹夫婦は銀婚式を迎えた。平安神宮で挙式した結婚同窓会での表彰式は京都の同神宮で行われ、初夏の明るい日差しの中、神宮神苑でひと時を過ごした。そのようにして二・三年は穏やかに過ぎた。一樹は東亜での定年を迎えたが、以後、そのまま工事会社に転籍となり引き続き勤めることになった。その平成五年（一九九三）六月、本州四国連絡橋公団の外郭団体である、㈶海洋架橋調査会が主催する【長大橋の耐久性に関する調査研究委員会】として、欧州各国の長大橋の管理事務所等を訪ねて、調査を行う事になり、その調査団の一員に、一樹が東亜から参加する事になった。ドイツ・デンマーク・イギリス・イタリアそしてフランスの五ヵ国を巡り、数々の調査を行った。結果の一部は、既に工事の始まっていた明石海峡大橋のケーブル工事にも適用し活かされた。調査団の報告書は翌年の三月まとめて出版された。この調査団に参加し、旅行中であった九月三十日、一樹は㈱東亜製鋼所を定年（満五十五歳）で、退職した。

翌平成六年（一九九四）の始めは、一樹夫婦にとって色々な事が起き、本当に忙しかった。前年に自宅でぎっくり腰になった義父義康は入院先で肺炎を患い、病状が悪化、順子は宇治黄檗の病院へ看病に通い、泊まることも多くなった。併行して六年前に亡くなった義母ヨシノの七回忌の法要も重なった。順子の看病やお祈りも空しく、二月十六日義父は亡くなった。母ヒサも前年末から風邪からか不調で正月も家で臥せていることが多くなった。一月末に子宮がん検査を受け、初期の癌と判定され、三月末に須磨の国立病院に入院、四月初め子宮の全摘手術を受けた。手術前、母は生まれて初めての入院手術を相当深刻に捉えて悲壮な覚悟をしていたが、幸い術後の経過も良く、後遺症にも悩まされなかったので、後はケロッとしていた。そんな母は手術前、二月十六日の義父義康の葬儀には毛皮のオーバーコートを纏い、遠路出席した。一樹は一月十三日に急逝した京都の津崎叔父の葬儀に順子と列席した後、九州に出張し、東京に三回出張、宇治での義父の通夜・葬式に出て、母ヒサの入院手続を行い、更に三月初めには業界の集いの幹事として神戸六甲山にある東亜の保養所での宴会を取り仕切り、東京、九州、長野に出張、三月末には順子と共に宇治での遺産相続の話合いを行い、四月の母の手術に立会った。当然、手術前には順子は、弟義弘との遺産協議のショックで熱を出しながらも国立病院の母に連日付き添っていた。

平成七年（一九九五）一月、東京湾横断道路のJV工事が完成し、解散式が千葉県・木更津であり、名古屋経由で神戸に帰ったのが十六日だった。その翌未明、あの阪神大震災が発生した。その朝、まだ二階の寝床に居た一樹は、まるでブルドーザーが家に突っ込んで来たような激しい揺れに起こされた。真っ暗な闇の中、何かが倒れて風圧を感じた。何かが壁にぶつかり壊れる音がした。階下では母ヒサが、大声で何か叫んでいる。電灯は点かないので、手探りで見付けた懐中電灯で周囲を見渡した。隣に寝ている筈の順子がいない。その寝床に箪笥が倒れて、枕にその角が食い込んでいた。箪笥の上にあった人形ケースが、一樹の寝床の上を飛び越して、反対側の壁にぶつかり壊れている。廊下に出て階下に声を掛け、大丈夫か？　と問うと、母が大丈夫と答えた。書斎にしている隣の部屋は、全ての本棚が倒れて、中に入れない。階下に降りると、丁度その時、勝手口から順子が帰って来た。公園での早朝ラジオ体操に参加して、木戸を開けようとした時揺れが来たとの事。台所は揺れの方向の関係で、二本の食器棚は、扉が開かずに横に約四十㎝滑っていたが、食器は殆ど無事だった。空が白み始めた外に出て見ると、家そのものの外観は損傷なかった。近所の人数人が駆け寄って来て、揺れましたねーと言った。電気は点かなかったが。ガスや水道は使えた。余震が続く中、蠟燭《ロウソク》の灯の下で家族は何とか朝食を済ませたが、何を食べたか覚えていない。

夜が明け、板宿方面の空を見ると黒煙が上がっている。間もなく空が陰り、ひらひらと灰が降って来た。停電は、地震後二時間ほどで回復した。電話は通じたので、親戚・友人・知人から引っ切り無しに見舞いの電話が入り、無事を伝えて喜び合った。そうしている間に、電話は不通になった。翌日・翌々日はテレビで市内の惨状を見ながら自宅で待機していた。四日目、会社に電話するも不通で、工場に電話すると通じた。話で、本社はビルが倒壊して無くなったが、播磨工場の事務所に、仮に移動して仕事を始めている事が判った。五日目、前日のルートで何とか播磨工場に辿り付き出社した。

一月二十四日、工事会社の全員が本社のあった六階建て岩屋ビル前に集まり、余震が続く中、半分倒壊し、腰が折れた状態の本社ビル内に時間を限って決死の覚悟で突入し、重要書類や社印等を運び出した。それから、しばらくは神戸近辺の東亜が施工した橋梁が、地震によりどの程度損傷しているか等の現場点検・調査を手分けして行ったり、また、応急的に壊れた橋の落下防止策を連日夜間工事で行ったりしていた。そんな中、夜間工事の立会を終わった二月十一日の夜、一樹は電話で社長に早期の退職を申し出た。退職理由は、ひと言で言えば、以前から思っている事であるが、工事会社は所詮、日陰の存在だという事。こんな非常事態中でも客先に出る時は、東亜の人間として振舞い、蔭では、工事会社の社員でおらねばならない。まるで鵺《ぬえ》のような存在はもう結構と感じたからである。もちろん、この事は事前に順子にも伝えて了解を得ていた。彼女は一樹の好きなようにすれば良いと任せてくれていた。一樹としては、何も震災に遭遇して、その気になったのではなく、リビアの赴任が終わったら東亜を退職する心算でいた。この事は、リビア滞在中に、既に親しい友人に手紙で心情を吐露しているし、元の土建技術部に戻ってやる仕事に何の魅力も感じなかった。それが、新会社への出向と言う話になっても、もう、今さら「東亜の橋梁」には何の期待もできない、と言う予感がしていた。それから七年弱、乗りかかった船、馬車馬のように走って、目の前の仕事に没頭してきた一方、退職のきっかけを探していた事は確かである。そんな事なら、新会社への参画をキッパリ断って、リビア赴任終了を退職の機にすれば良かった。要らぬ火中の栗を拾ってしまった、と後悔するが、今、言っても仕方のない事であった。この度の大震災が、退職の決意を強力に後押しをしてくれた、と言える。社長とは、その後何回も話し合って、漸く三月七日に、三月末を事実上の退職日と決定した。しかし、一樹は、工事会社の経営管理者として役所に届出されており、四月一日以降の後継者が見付からなければ辞められないと言う話が残っていた。結局、退職は六月に行われる恒例の株主総会で、任期満了の取締役退任と言う扱いで、経歴には傷が付かないように会社で配慮するとの社長の話で結着した。

工事会社の株主総会は平成七年（一九九五）六月二十日に開催され、同時に他の会社と統合された新会社の発足となった。その夕、新会社の役員一同、計二十一名が集う宴会が、市内の料亭であり、一樹も招かれて出席した。その最中に一樹は取締役退任の挨拶を行い、宴会を中座して退出した。新会社の内容は、一切聞いていないし、もはや、何の興味も無かった。この新会社も、やはり、巧く行かずに何年か後に、東亜は橋梁事業から完全撤退し、その新会社は解散したと、人の噂で聞いた。

退職時、一樹はもう満五十六歳になっていたが、まだまだ五十六歳、これからだと言う感じでいた。新たな仕事とは、具体的には建設コンサルタントへの転身であった。一樹がコンサルに入り、技術者を実務経験者の立場から、教育・指導できるのではないかと考えた。そのためには、コンサル業界で必須の、技術士の資格ではなく、一級土木施工管理士の資格があれば十分と思っていた。

先ず、自分自身の力で新しい職場を見付けるため、退職前の三月、大阪の人材銀行に行き、希望適職を、最初、コンサルタントに限定せず、土木全般で経営管理としていた。人材銀行に登録した直後から、多くの建設会社から面接希望が相次いで来た。しかし、内容を聞いてみると、現場に出張しての現場施工管理が多く、一樹の希望に合致せず、面接を辞退した。事実上、三月末で退職すると言っても、六月の株主総会まで閑《ひま》があった。この間、よく旅行に出かけた。海外には、四月に、一人で韓国・ソウル旅行に行き、リビアでの工事の下請業者、三星建設の本社に出向いて挨拶したりした。五月には順子と香港へ個人旅行をし、市内観光を楽しんだ。国内は、四月に順子と山代温泉に泊まり、丸岡城、那谷寺《なたでら》や大野城等の北陸旅行、五月には一人で宮崎・鹿児島に旅行し、日南海岸、飫肥《おび》城に行き、城山観光ホテルに泊まり知覧・武家屋敷等を観光した。順子は、間もなく一樹が無職となる事を全く気にしていないように見えた。

第十節　建設コンサルタント勤務

そんな平成七年（一九九五）五月中頃、神戸の日本工業技術振興協会から、大阪の会社の引合いがあり、海外技術指導の予定のあるコンサルを紹介された。その後、何回かのやりとりを行い、六月二十九日、㈱阪神工業試験所で面接が行われ、七月五日採用・入社が決定した。入社した所は、各種の非破壊検査を主とする検査会社である。所在地は大阪市福島区であった。三年前に建設コンサルタント部門を立ち上げ、これからコンサル業務も事業の柱としようとしている、中堅企業であった。一樹は主査として入社し、三ヵ月間の試用期間を経て十月十日から、いきなり事業部長代理としての辞令を受けた。

入社直後から、大阪市港湾局が管轄する市内の橋の震災影響調査を主として、橋梁の案件が多くあった。阿波座から船に乗って、道頓堀川に架かる戎橋の現況調査や、堂島大橋の調査も行った。また、㈱近代設計事務所から受注した新御堂筋高架橋の橋脚耐震補強工事に伴う詳細設計業務を担当し、橋脚沓座拡幅に関する資料をまとめたりした。

そうこうしている十月に、韓国へ橋梁技術の指導員を派遣する話が出て、適当な人が見付かるまでの当面の間、一樹が平成七年（一九九五）十二月十二日韓国・仁川に向け一回目の出張に出た。その後も適任者が見付からず、引き続いて五回、それぞれ一週間程度の出張を繰り返した。これらの指導の中には、当初の課題の西江《ソガン》大橋だけでなく、韓国南部の離島・巨済島に架ける橋の事や先頃、事故で落橋した聖水《ソンス》大橋の件でも技術的な見解を求められた。発注者・ソウル特別市と受注業者・現代建設㈱の間に、コンサルタントとして韓国総合技術開発公社が介在していた。そのコンサルの技術担当として、日本から長大橋技術センターの技師が派遣されていた。ソウル市役所での会議時には、一樹も呼ばれて行き、その技師と顔を合わせて議論した。

平成八年（一九九六）三月二日、退職願を出して、㈱阪神工業試験所を退職した。理由は、後任が見付からないので、その後は、架設完了予定の五月末頃まで、現場に常駐してくれと言う、会社の勝手な要求を受け入れなかったためである。明らかに契約時の約束を反故にした不法な要求であった。在籍期間は僅か八ヵ月であった。この巨大な西江《ソガン》大橋の架設を、ソウルの中心、漢江《ハンガン》の中州（汝矣島《ヨイド》）の国会議事堂の脇で、直接指導出来なかった事は、まことに残念であった。

㈱阪神工業試験所を退職する前から、コンサルタントで仕事をする以上は、一級土木施工管理技士の資格だけでなく、やはり、技術士の資格を目指すべきと心変りしていた。そのため、退職と、ほぼ同時期に、大阪科学技術センターで開催される技術士セミナーの申し込みを行った。併行して技術士二次試験の申し込みを行った。部門は、建設部門、専門は、鋼構造及びコンクリートである。

この受験勉強中も、就職活動は行っていたが、大阪人材銀行から紹介された、大阪の四和建設コンサルタント㈱の面接試験を受け、入社を決定した。

この間、四月八日から四日間、一樹は順子と韓国旅行に行った。ソウル・儒城温泉・釜山をめぐる旅だった。その序で、漢江《ハンガン》の河川敷で地組立された西江大橋も見て来た。四和建コン入社直後も、休暇を取り六月十四日から三日間、自費で韓国・ソウルに一人で行った。四月に順子と韓国に行った時、以前、技術指導で出張した際の、通訳であった白《ペク》さんに電話して、西江大橋の架設の予定を聞いていた。今回は、橋体がソウル漢江の所定位置に、架けられた状態を見学するために行ったのである。現場の橋の上まで、白さんと一緒に立ち入る事が出来た。

四和建設コンサルタント㈱は従業員約百二十名の中堅コンサルである。一樹の配属先は大阪支店で役職名は技術部部長である。職務は、施工管理員の管理と設計業務の補助となっていた。六月には梅田で、それらのお役所に勤める十五名の施工管理員を集めて、顔合わせの親睦会を行った。各々の派遣先で何か問題が起きない限り、月一回の会議出席以外は、設計業務も忙しくないので、これ幸いと、技術士受験の準備作業として、会社の図書棚から、参考資料を抜き出し、せっせとコピーを取って勉強していた。勉強は、もちろん自宅でも行った。セミナーの無い土日や祝日は、先頃より一樹の書斎になっていた高倉台のマンションに籠もり、ひたすら試験論文書きに費やした。順子も昼食の弁当を届けて協力してくれた。技術士二次試験の筆記試験は、平成八年（一九九六）八月二十八日、大阪府東大阪市の近畿大学で行われた。筆記試験の合格通知は、十一月六日に届いた。

続いて口頭試験は、十二月一日に東京都港区のNTT麻布セミナーハウスで行われた。そして、待望の合格証は、翌年の二月八日に届いた。

平成八年（一九九六）九月七日夜、韓国のあの通訳の白さんから、思いも掛けず自宅の一樹に電話が入った。用件は、この六月に自費でソウルに行った時、彼女から聞いていた、新巨済大橋の製作に関する技術指導の正式な要請であった。出来れば一樹個人で来てくれないかとの要望であったが、それは無理で、会社間の契約にするのなら検討すると答えた。早速会社から、当時の製造部の明課長と和文や英文の手紙やFAXでやり取りした後、支店長と協議した結果、十月一日に一樹は韓国に出張する事になった。打合せは韓国・忠清南道・端山市の現代建設㈱大山工場で行ったが、派遣員の単価が折り合わず不調となった。会社側が不当な単価の見積書を一樹の提案を無視して作成し、その上、出張旅費精算の内容に文句を付けて、既に受領していた出張支度費の返還を求めてきた。さすがの一樹も、こんな会社に居られないと十二月九日付けで退職した。同社に在籍した期間は六ヵ月余であった。

そのうちに、既に記したように平成九年（一九九七）二月、技術士合格となった。この資格をぶら下げて、次に向かったのが、岡山の㈱ナイトコンサルタント本社であった。事前の調査では、当時、この中堅大手のコンサルは、技術社員数の割に、技術士の数が、他の同レベルのコンサルに比して、目立って少なかった。この点を衝いて、全くアポイントを取らずに、二月二十日、無謀にも岡山の本社に飛び込んで、面接を要求した。相手も驚いた事と思うが、幸運にも副社長が直々に面接してくれた。五日後、本社に呼ばれて、その場で採用が決まり、平成九年（一九九七）四月一日、㈱ナイトコンサルタントに入社した。同社は資本金約十五億円、従業員は約七百名の中堅大手の建設コンサルタントであった。西日本中心に、岡山に本社を置き、四支社、十三支店、三事務所を擁していた。入社時の一樹の肩書は、本社・技術本部（神戸駐在）で職名は技師長、社員資格は八等級相当との辞令を頂戴した。給与の処遇は、諸手当込みで、月額六十五万二千円であった。以後の辞令で、平成十年四月に、所属・神戸支店技術二部・部長兼本社技術本部技師長、平成十一年四月に、所属・職名は変わらず、本社技術本部技術開発部技師長兼務を解くとなり、平成十二年六月に神戸支店・技術部・技師長となった。

給与は、平成九年六月より、月額六十六万二千円、平成十年六月より、六十七万八千円、平成十一年六月より、七十五万三千円と順調に昇給した。月額給与以外に、一樹の歳でも賞与（夏・冬の臨時給与）が年額三百万円ほど支給された。このため、平成十年・十一年の二年間の年収は東亜時代の最大値と変わらず一千万円をゆうに超えていた。

しかし、順子の病状が思わしくなくなった平成十一年末、会社に退職の機会を伺《うかが》った。理由は、妻が胃癌にかかり、傍で看病する必要がある、としていた。会社側は、それを信じずにどんな形でも良いから、会社に残ってくれと引き止めていた。会社は、一樹の部長職兼任の負担が大きいからと勝手に解釈して、平成十二年の四月から、技術部長職を外して、技師長職のみにする配慮も見せてくれた。

一樹は、同年四月に東亜本社に行き、東亜が韓国の仁川新空港に向けて、ソウルからの高速道路で施工中の、【永宗大橋】の見学をさせて欲しいと頼んだところ、快諾された。そして、翌月の二十日、韓国への社員旅行の際、見学を希望した五名の社員を連れて、現場に赴き、東亜の中林技師の案内で、施工中の橋をつぶさに見学できた。これを会社への置き土産にして、平成十二年（二〇〇〇）六月三十日に㈱ナイトコンサルタントを退職した。同社での在職期間は四年一ヵ月であった。

この会社で、この仕事は、東亜の工事会社を退職する時、一樹が希望していた仕事内容であり、この転職先に継続している事が、最も良かったと思い、心残りであったが、仕方が無かった。この四年余のナイトでの仕事は、十分満足のゆく内容であったと感じている。

同年七月、人材銀行や人材紹介業者に行き、次の就職活動を行った。八月初め、人材紹介業者の紹介で、鳥取に本社のあるヒカリコンサルタント㈱の会長と神戸・三宮で面接し、平成十二年（二〇〇〇）九月一日付で入社決定となった。本社の所在地は、鳥取市で、昭和四十九年に設立された、コンサルとしては老舗の中堅会社であった。一樹の勤務先は、姫路市内にある姫路支社であり、肩書は技師長で支社長と共に近隣の官公庁に、挨拶回りをする事が多かった。肩書も、兵庫支社・非常勤の技術顧問となった。順子の死後、会社の経営状況が苦しくなった段階で、平成十六年（二〇〇四）三月三十一日で退職した。

同社での在任期間は、それでも、三年七ヵ月となった。

その間、高倉台の自宅では、平成十年（一九九八）十一月、その年で満九十二歳になる父保治が、夜中に急に腹痛を訴え、医者に往診を頼み診てもらったら、急性盲腸炎の疑いとなり、急遽入院した。本人は、手術は絶対に嫌と頑張り、入院病院の医師も高齢を理由に迷ったが、結局、手術を行った。局部の炎症は、相当に進み、もう一～二日遅かったら命は危なかったと、術後医師の説明があった。歯の治療以外に父が入院したのはこれが初めてであった。父は命拾いをして、その後さらに十年生き延びる事になった。

第四章　順子の闘病生活

第一節　胃癌発覚と手術

平成十一年（一九九九）、妻順子は、年の初め頃から、何となく体調が悪かったようだ。六月の一般市民検診で胃に異常が見付かり、斉藤病院にて翌七月二十三日に診察を受けたところ、本人には告げていないが、スキルス性の進行胃癌と診断された。「入院診察計画書」では、心窩《か》（註・みずおち）部不快感の症状あり、病名・胃狭窄《きょうさく》症と本人には判らないよう書かれていた。診察直後、順子は一樹に「どうだった？」と瞳の奥を覗くようにして訊いてきた。一樹は癌とは言えず「余り良くないので手術になるかも知れない」と曖昧に返事した。傍に一緒に居ながら、何故、もう少し早く気が付いてやれなかったのか、と悔やまれた。と同時に、本人自身は早くから何かおかしいと気付いていて、本来の辛抱強さからギリギリまで耐えていたに違いないとも推測され、それを責めたい気持ちにもなった。

診察当日の七月二十三日に即入院し、二十七日に胃全摘出手術を受けた。三週間ほど経て退院して何とか平常生活が出来るようになったが、手術から二ヵ月弱経過した九月十六日、昼食後に順子は腹部に激痛を感じて同病院に緊急再入院した。レントゲン検査で腹腔内に「フリーエアー」が認められた。「フリーエアー」とは、消化管の中には通常でも空気があるが、そこから漏れだして腹腔内に出た空気のことを言い、有ってはならない物であった。即日の開腹手術で、小腸に二つの穿《せん》孔《こう》が認められ、「小腸穿孔部閉鎖術」という手術を受け、十月二日退院した。この二つの穿孔は、主治医もなぜ出来たのか分からないと説明した不可解な症状で、一樹は二ヵ月前の胃全摘手術中のミス、例えば鉗子を置き忘れて閉腹した等を疑っていた。以後通院・加療し、抗がん剤を継続して投与したが、胃が無くなって食事が満足に採れなくなり急激に痩せて来た。以後、少食にも拘わらず食後腹満感、下痢、体重減少、ゲップ等の症状に絶えず悩まされながら、平成十三年（二〇〇一）十月まで約二年の間も、月二回のペースで、通院・加療を続けた。順子はそんな状態でも快方に向っていると思い、努めて明るく振舞っていたし、一樹も暇を見て近郊への個人旅行に出かけたりした。ある一夕、同病院で手術を受けた同病者が数十人集まって、執刀した女医を囲んで謝恩会的な宴会が神戸市内のホテルで行われた。順子の強い願いで一樹も同席したが、宴の途中順子は何回もトイレに駆け込み一切を吐き出すことになった。

二回目の手術入院から退院したのは十月二日、それから僅か二週間後の平成十一年十月十七日、順子の祖母トメの三十三回忌の法要を行う事になった。父義康の遺産相続に際して、弟義弘が以後の澤井家の家督を相続して先祖供養を行う事を条件に順子は大幅に相続権を譲った経緯がある。従ってトメの供養は当然、義弘が先頭に立って行う筈であったが、彼は拒否した。順子は祖母に可愛がって貰い、縁が深いのは自分であると言い、一樹に彼女自身の預金から費用は支出するとことわって、その法事の施主となった。京都・祇園のお寺で法要の読経を受け、高級料亭で親戚の者を呼び、十人ほどで宴席を持った。その料亭の費用だけで約二十三万円であった。義弘はケロッとして知らぬ顔をしていた。また、順子がそんな状態の最中、平成十三年（二〇〇一）六月十日、京都・平安神宮で行われた結婚同窓会で、一樹夫婦は結婚三十五周年・珊瑚《さんご》婚式を迎えた。何故か出席した数十組の代表に選ばれ、晴れがましくも、夫婦揃って神前に立ち、玉串を捧げた。そしてお祝いの席で、一樹が用意した次のような挨拶文を読み上げた。

【私ども夫婦は昭和四十一年（一九六六）十一月十三日に御神前で偕老同穴《かいろうどうけつ》を誓い、結婚式を挙げました。それから今年で満三十五年になります。「歳月は人を待たず」の古詞を思い出し、今更ながら時の移ろいの速さに驚いております。

あらためて過去を振り返って見ますと、決して絵に描いたように恰好の良い半生ではありませんが、何とか人並みの暮らしをして来られた。というある種の達成感があります。しかし、もう少し大きな目で見ると、ただ馬齢を重ねて来ただけではないか、という自戒の声に忸怩《じくじ》たる思いもしております。

そろそろ現役飛行の高度を下げ、速度を落として、軟着陸態勢に入っている今の私共に頂いた珊瑚婚のお祝詞は、まことに時宜を得たものと思っています。五年前の真珠婚式では早過ぎ、五年後のルビー婚式では遅過ぎる人生の大きな節目に当たっているからです。

時はあたかも、二十一世紀の最初の年、めでたく珊瑚婚を迎えられた同窓会員四十二組の皆様方の代表に、全く思いも懸けずに、指名される栄誉を得ました。先程の会員安泰祈願祭の神殿では、一段高い席で大神様の霊気の涼やかな微風を全身に感じながら、御神徳に感謝し、玉串を捧げお参りさせて頂きました。この四十二組の皆様方の中には、私どもより一足早く同年三月に挙式した妹夫婦も居り、幸い今なお健在な母と共に参列させて頂きました。この日を待ち望み、もっとも慶んでいるのは、二人の吾子が揃って珊瑚婚を迎えるのを、目の前で見ることが出来た、この母だと思います。

今後、私ども夫婦の原点とも言うべき、平安神宮の大神様をより一層崇敬しながら、歩んで行きたいと思っております。

宮司様、会長様、そして同窓会員の皆々様、本当に良い思い出になり、有難うございました。衷心より御礼申し上げます】

この挨拶文の写しを、順子が病床の枕元の小物入れに保管していて、繰り返し見ていたのが思い出される。今思い返せば、順子にとって、それは最後の晴れ舞台となった。

第二節　三回目の手術

順子は、平成十三年（二〇〇一）十月二十二日再び入院し腸閉塞症・胃切除後症候群との診断が出て、その上、癌が腹腔部全般に転移しており、一樹は医師から余命二～三ヵ月と告げられた。そして十月二十五日に三回目の手術を行ったが、これは、患者の手前、見せかけだけの試験開腹手術で、加療は何も行わないと術前に一樹には説明があった。手術の前日、院長より明日の手術に一樹も立会うように言われた。立会っても良いですよという調子での話であれば一樹は遠慮したが、まるで立会う義務が有るような言い方であったため、否応なく応諾する事になった。当日、一樹も医者や看護師と同様に、両手を入念に洗浄・消毒し、手術衣を着させられて、両手に薄いゴム手袋をはめさせられ、看護師から決して手先で何も触れないようにと注意されて、両手を肩の横に揚げ乍ら恐る恐る手術室に入った。手術室には五～六人の医師と三～四人の看護師が、既に開腹されて顔に酸素マスクを付けられて横たわる順子を囲んでいた。一樹は、一瞬、オランダの画家レンブラントの名画「テュルプ博士の解剖学講義」が思い浮かんだ。この絵で解剖されているのは屍体であり解剖部位は腕の筋肉である。立ち竦《すく》んでいる一樹に執刀医である女性の山本医師は自らの横に進み出るように促した。順子は鳩尾《みずおち》の上から臍下までの腹部を無残にも大きく裁ち切られ、腹腔内部を余すところなく露出させられていた。胸骨の下では心臓が脈動していた。医師は徐《おもむろ》に手術器具を用いて、まず先頃、全摘出手術を行った胃の有った所を示して、食道と小腸が直に接合されていることを説明した。続いて小腸の縊《くび》れた閉塞部を指し示し、その他の臓器のあちこちに見える不自然な脹らみを既に転移した癌だと説明した。まさに生体解剖である。一樹は、見てはいけないものを見てしまった。見るべきでないものを目の前に突き付けられて、なんとも言えない絶望感が込み上げ、暗澹たる気持ちになり小さく頷くしかなかった。ものの五分間もその場に居たであろうか、促されて退室した。「講義」はその後も続いていたようである。

術前に前記したように「試験開腹手術」である旨伝えられていたが、後でこの医療・病院用語を調べてみると以下のように記されていた。【試験開腹術とは検査開腹術。急性の腹部疾患症状を呈し一刻を争そって治療や診断を行いたいが検査施行時間の短縮や確定診断が得られない場合、悪性腫瘍患者において根治手術か姑息手術のどちらが適応か判断に付かない状態で開腹する場合、腹部疾患の疑いを否定できずに診断の目的で開腹する場合等で、開腹して腹腔内を直接見て判断する方法】と記されていた。また、ある資料では【偽手術・疑似手術・プラセボ手術とも言われ、臨床では「シャムオペ」と呼称されることがあり、患部の切除や組織再建などの本来なすべき外科的医療行為は行わず、麻酔と皮膚切開などを施すなど見せかけの手術】と直言的な説明がなされている。

とすると今回の手術は明らかに「根治手術」ではなく、また、一時的に患者の苦痛を取り除くという意味での「姑息的手術」でもない。強いて言えば、患者の何とかして欲しいと言う心理的な苦痛を取り除くという意味での見せ掛けの手術だったかも知れないが、腹部疾患の疑いを、開腹して腹腔内を直接見て判断する必要があったという手術ではないのではないかと一樹には考えられ、疑念と憤りが湧いてきた。少なくとも腸閉塞症との診断を、患者の手前、確認して加療すると言う虚偽の手当を示すのであれば、開腹する長さをその部分に限って小さく短く行えば患者への負担は遥かに軽減できたのではないか。術後暫くして、順子が「私のお腹の中を見たでしょう」と一樹に言った。「なぜ、そんな事を訊くのか」と返事すると「何となくそんな気がするから」と応えた。医者が直接伝える筈もなく、まして看護師が話すことは有り得なかった。なぜ判ったのか全く不思議で一樹は驚いた。まさか、手術中の順子が幽体離脱して、天井付近に漂った魂が手術の様子を見ていたのではないか。もしそうであれば、大手術が痩せ衰えた身体へ及ぼした負担の大きさが推し測られた。不必要と言えるこの大手術は、当日手術室にいた若い医者達に腹腔内の癌の転移状況を見せる文字通りの「講義・授業・見学」の場ではなかったのか、患者の家族に直接病状を視認させることで手術の大義を果たし、不必要な手術を正当化したのではないかとさえ思われて、病院に対する不信感が募り、怒りさえこみあげてきたのである。

一樹が中学生の時、祖母ひさが近所に住む孫（叔母の息子）を乳母車に乗せて子守をしていて、乳母車が小さな溝に嵌《はま》りこんだのを素手で持ち上げようとして、溝の角で手の甲をすり剝いた。この傷口から病原菌が入り、三日ほどで手が大きく腫れて破傷風と診断された。急遽、府立病院に入院したが、特別の手当の甲斐もなく一週間程で呆気なく亡くなった。その数日前、一樹は父と見舞いに行った。光の刺激を無くすため黒幕で覆われた病室で、七十八歳の祖母は、破傷風独特の症状で口が殆ど開けなくなっていたが、不自由な言葉付きで、病院側は治療と称して入れ替わり若い医者（医学生か）が病室を訪れ、病状を観察して「研究材料」にしていると父に訴えていた。一樹の頭にこの時の様子が思い出された。やはり、医療の進歩のために患者は身を挺して寄与しなければならないのかとも思った。

第三節　在宅経中心静脈栄養法の適用

その後、入院中から順子は栄養の経口摂取が出来なくなり「在宅経中心静脈栄養法」を採用する事になり、同年（二〇〇一）十一月七日にカテーテル挿入用のポートを胸部に埋め込む手術を受けた。以後、病院で、ずうっと継続してこの栄養法を行った。ようやく十九日に退院した。自宅に帰っても食事は薄いお粥かスープしか口に出来なかったので、併行して在宅経中心静脈栄養法で栄養を補った。退院直前、病院ではこれ以上やることはない。今後は自宅でこの様に栄養を補って下さいと看護師に言われ、一樹にこの栄養法を伝授された。まさかそんな事を自宅で行うとは思っていなかったので驚いた。しかし他に行う者は誰もいないので、手渡された（別紙図①〜④の）マニュアル「在宅経中心静脈栄養療法の手順」に則って、何とか一樹自身の手で行うしかなかった。そのマニュアルの通り(1)カロリー輸液袋のセット、(2)ビタミン剤の注入、(3)生理食塩水の用意、(4)ポンプ用チューブのセット、(5)注入針の準備、(6)点滴開始、(7)点滴終了の手順で、毎夜就寝前に行うようにしていた。何回やっても緊張するのは注入針を順子の胸にあるポートに突き刺す時であった。お互い息を詰めて覚悟をしてから気合を入れて突き刺していた。一回の点滴時間は約十時間であった。点滴は翌朝まで連続して行うが、その間トイレに起きたりする場合、輸液袋と共に移動する必要があり、トイレ内の棚板に袋をぶら下げる金具を付けていた。また、非常灯は終夜点けておくため、一樹は隣室のベッドに寝る事にした。万一、管の外れ等非常の時に鳴らすベルを枕元に置いて別々に寝ていた。ある真夜中、ベル音で一樹は目が覚め、急いで隣室に行くと、何も変わった様子は無い。順子は「ちょっとベルを鳴らしてみただけ」と言っていたが、やはり本当に来てくれるか一人で不安だったようだ。退院後、宣告された余命二〜三ヵ月を遥かに超えて、この在宅経中心静脈栄養法を翌年八月まで九ヵ月間継続した。その間、月四回（毎週）の割りで、病院に通い医師の診察を受け、栄養剤の処方箋を貰い、薬を調達していた。栄養剤は液体で重いため、自宅には業者に毎回配達して貰うしかなかった。

そして、その平成十四年（二〇〇二）八月中頃の検査で、腹水が少々溜まって腹膜炎の疑いが出てきたが、現状では問題無いと診断された。翌九月五日、異常に腹部が脹らんで初めて腹水抽出を行った。量は一八〇〇ccという大量であった。以後翌年の二月まで、腹水抽出を十二回（月に二〜三回の割合）定期的に受けた。腹水抽出を行う度に、順子は「あースッとした」と気持ち良そうに言うと医者は笑っていた。一般的に腹水が溜まるようになれば余命は短いと言われるようであるが、順子はその九ヵ月前に癌の腹部転移による腸閉塞で余命二〜三ヵ月と宣告され、今漸く腹水がたまり出したとも考えられ、その頑張りに驚いた。

在宅経中心静脈栄養療法の手順（別紙図―①）

【1】 カロリー輸液袋のセット

① ピーエヌツインー１号（1000ｍｌ入り）の容器を外装袋から取り出した後、以下に示す図のように取り扱う。

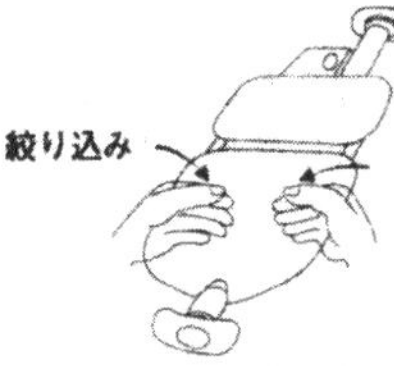

1. 二室間にある隔壁部を開通するため、使用直前に大室の方を両手で持ち、絞り込むように押さえる。

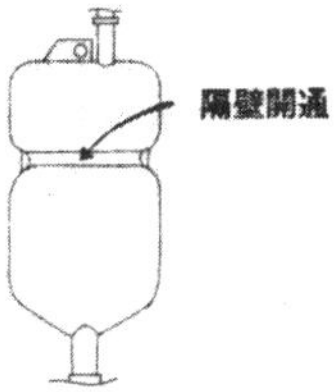

2. 二室間の隔壁部を開通する。

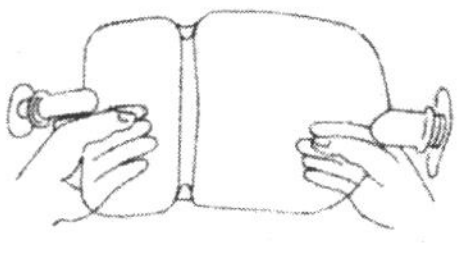

3. 袋の左右を両手で持ち、２～３回転倒操作を行う。

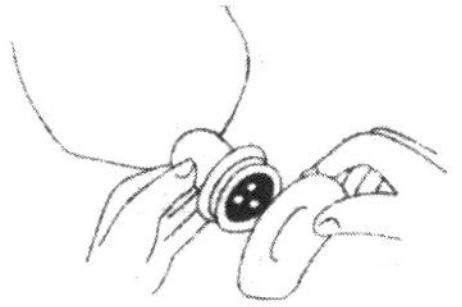

4. ゴム栓を保護しているシールをはがし、通常の輸液操作に従い、投与する。

② ビタミン剤の保護のため、オレンジ色の遮光カバーを容器に被せる。

③ 容器にＳ形フックを付けて、頭上に吊り下げる。

【2】 ビタミン剤の注入

① 冷蔵庫に保管していたビタミン剤（ビン入り２種類）を取り出す。

② 注射器に桃色の針を取り付ける。

③ 注射器の目盛を５ｃｃまで引き、ビタミン剤を順不同で引き入れる。

④ 吊り下げた容器の上側の黄色のシールを剥がして、注射針を差込み容器内にビタミン剤を注入する。

⑤ 容器の下側の大きな袋部を両手で２~３度押さえてビタミン剤を十分混合する。

在宅経中心静脈栄養療法の手順（別紙図―②）

【３】 生理食塩水の用意

① 点滴完了時、カテーテル･ポート内の血液凝固を防止するため予め生理食塩水を用意する。

② ビタミン剤注入時の注射器を使い、針を桃色からより細い黒色の針に替える。

③ 生理食塩水のアンプルをねじって開き、注射器に１０ｃｃ引き込む。

④ 残った生理食塩水は捨てる。

⑤ 注射器の針にカバーを付けて、身近において置く。

【４】 ポンプ用チューブのセット

製品概要・各部の名称は下図に示す通り。

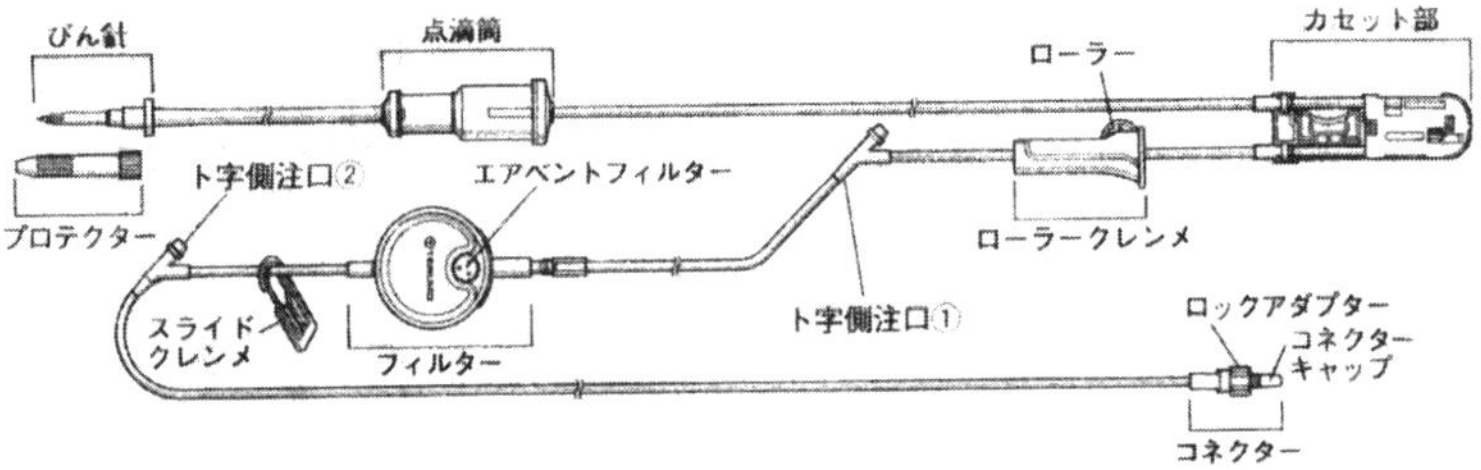

① 包装を開封し、チューブセットを取り出す。

② ローラークレンメのローラーを閉める。（図１）

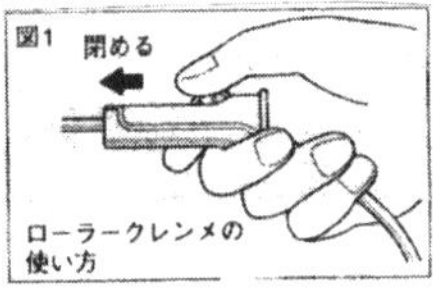

③ びん針のプロテクターを外す。（針には触れてはならない。）

④ 輸液バッグのシールを剥がし、ポート部をしっかり指で支え、ゴム栓の○印箇所に、びん針をまっすぐ段の付いている手前まで刺し込む。（図２）

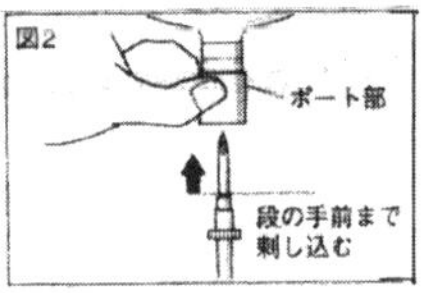

在宅経中心静脈栄養療法の手順（別紙図―③）

⑤ 点滴筒をゆっくり指で押しつぶして離し、点滴筒の中央部、段の部分まで薬液を溜める。（図３）

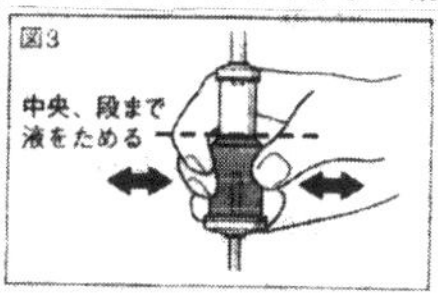

⑥ チューブ内の空気を以下の手順で取り除く。

a）フィルターの薬液出口方向を上にしてささえ、ローラークレンメのローラーをゆっくりゆるめてチューブを開通する。（図４）

b）薬液がチューブからフィルターに満たされ、フィルター内の空気が取り除かれた事を確認する。

c）チューブセット先端のコネクターから数滴薬液が出てきたら、ローラークレンメのローラーを閉め、薬液の滴下を止める。（図５）

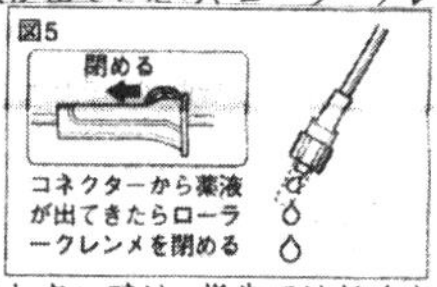

d）チューブ内やフィルター内の空気がなかなか取れない時は、指先ではじくように軽くたたいて空気をとる。

⑦ カフティポンプ本体に電池を入れる。

⑧ ポンプの蓋を開け、カセットをセットする。

⑨ カセットに付いているテープを剥がす。（図６）

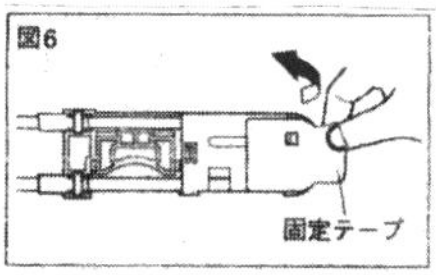

⑩ カセットのセット後、ローラークレンメのローラーを開ける。

［５］ 注入針の準備

① チューブセット先端のコネクターからキャップを抜く。

② 中心静脈カテーテル先端のコネクターのキャップを外す。

在宅経中心静脈栄養療法の手順（別紙図—④）

③ 両コネクターを接続する。コネクターのロックアダプターを回し、しっかり固定する。（図７）

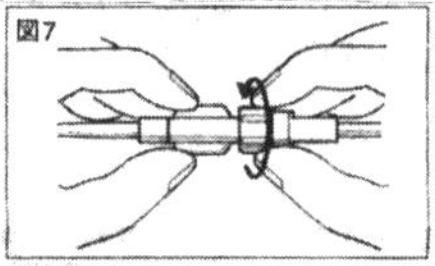

④ ポンプ開始部分をＯＮにして、針先から薬液が滴下する事を確認する。

⑤ カテーテル途中のＧ形クランプを閉じて、ポンプを停止する。

［６］点滴開始

① ポート部皮膚消毒・・・・・・・滅菌綿棒に消毒液（イソジン）を浸して、ポート部を中心にして直径５ｃｍ程度の円範囲を消毒する。

② フーバー針保持部を逆に曲げ、針の防護チューブを外し、チューブは保管する。

③ 針をポート部中心の皮膚に刺す。この際、針先端はポート部の底面に当る深さまで刺し込む。（図８）

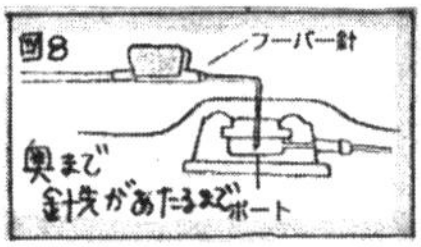

④ 刺し込み後、直ちに、針を押さえるため滅菌ガーゼを当て、ビニールテープで固定する。

⑤ カテーテル途中のＧ型クランプを開き、ポンプ開始部分をＯＮにする。

⑥ 点滴筒に薬液が滴下していることを確認して、点滴が開始となる。

［７］点滴終了

① 点滴筒の薬液が無くなると、ポンプは自動的に停止し、点滴は完了する。

② その状態で、最初に用意した注射器に満たしてある生理食塩水をカテーテル途中の「ト字側注口」より注射する。但し、注射の前に清浄綿で注入口を消毒する。

④ 生理食塩水注射後、ポート部のテープ、ガーゼを除去しフーバー針をゆっくり引き抜く。

⑤ 針を引き抜いたあと、針跡皮膚部分を滅菌綿棒にイソジン消毒液を浸して、消毒し、滅菌ガーゼを当てテープで固定する。

点滴終了

第四節　最後の入院

そして、平成十五年（二〇〇三）一月末頃より、本人の体力低下が著しくなり、全身の倦怠感を訴え、脚が腫れて歩行困難になって来た。二月十三日、同病院に入院、同日、初めて胸水（一六〇〇cc）を抽出、胸膜炎の疑いを告げられ、翌十四日、唐突に医師から余命は十日程と告げられた。早速、母ヒサに言うと、脚が悪いので病院には行かない、後はお前に任せると言った。父保治も行かないと言ったが、午後、思いも掛けず病院に現れた。順子としばらく向かい合っていたが、二人とも何も言わない。無言であった。痩せ衰えた姿を間近に見て驚いたようで、急に背を向け泣き出し帰って行った。気の弱い父が丸出しになった。同日、実弟義弘にも電話でその旨伝え、翌日夫婦で来たが、言葉は少なく二人とも意外なほど冷淡な反応であった。そして同月十六・十七日には膿混じりミルク状の腹水を抽出した。最後の入院時、家を出る時、順子は鏡台の前で結婚指輪を外して丁寧に箱に入れ、玄関で家の中に向って軽く一礼して、付き添った一樹と一緒に自らの足で病院に向かった。その時、順子は最早これまでと「死」を覚悟していたに違いない。本当に最後の最後まで良く頑張って生きてきたと思う。

あと、看取りの病室では最後まで一樹が一人で昼間は付き添っていた。ある時、目を瞑《つぶ》ったまま、うわ言のように彼女は呟いた、「私は、この世に何を残しただろう？」と。一樹は驚いた。順子の一生にとって一番の心残りは、やはり我が子が授からなかったことに違いない。本当なら、ベッドの脇に自分の子が一人や二人いて彼女を見守っているのが当たり前であったろう。その時、一樹は何も声を掛けられなかった。合間に、気が付いて彼女の両手の爪を切ってやったら、嬉しそうにその様子を眺めていた。また、ある時、大きく目を開き、両手を上に向けて子供のように言った。「お母ちゃん！　お父ちゃんがいる！　わぁ、お祖母ちゃんもいる！」いよいよお迎えが来たようであった。「良かったね！」と一樹は声をかけた。亡くなる三日前の朝から、順子は心電図モニター用発信機を胸部に装着され、隣の看護師詰所でも心臓の状況が監視できるようにされていた。その日の夕方に順子の方から言い出した彼女の遺産に関する遺言は、別の章で詳細を示すが、その時まで、しきりに水を欲しがった。看護師が細かく砕いた氷を少量入れた紙コップをくれ、一樹が間を置いて少しずつ口に含ませると「アー美味しい！」と喜んだ。二日前の朝までは、まだ何とか会話になっていたが、その後水も飲まなくなり、時々唇や口中を、水を含ませたガーゼで湿らしてやる程度であった。そして、当日の朝、声を掛けると、意外にも薄目を開けて他人事のようにはっきり言った「余り、良くないようよ」と。顔には明らかな死相が現れていた。主治医が入って来て「今日は一日、傍に居て下さい」と告げた。当日の昼前、腕を前に出して起こしてくれという仕草をした。一樹は何かを察して、そのままで良いよと寝かせた。彼女は一樹をしっかり見つめて、しかし、もはや呂律が回らなくなった言葉で「あなたと一緒になって幸せだった。ありがとう」と最期の挨拶をした。こんな死に方をして何が幸せだと言いたかったが、一樹は大きく首を振って「うん！　うん！」と応えるのが精一杯であった。その後は昏睡状態になった。時々、名前を耳元で呼びかけると、かすかに顔を傾ける様子が見られたが、やがてそれもしなくなった。そして、夜の八時過ぎ、順子の胸元の皮膚の下から小さな瘤のような塊りが、喉元にゆっくり移動し、微かに開けた口から飛び出したように見えた。一樹は、その瞬間、順子の魂が虚空に舞い上がったように感じられ思わず天井を見上げた。一般的に、よく最後の息を引きとったと言われるが、一樹には最後の息を吐き出したように思われた。看護師が隣室から現われ、その様子を確認した。直ちに医者を呼びに行ったが、夜間のためか、何かの都合で直ぐには来ず、結局、同夜の九時四十五分、所定のチェックを行い正式に「ご臨終です」と告げられた。平成十五年（二〇〇三）二月二十六日夜、痛みに苦しむこともなく、順子は静かに逝った。享年六十二歳だった。

余命二～三ヵ月と医者に言われてから、一年四ヵ月もの間、自身は食事も出来ないのに、食事の用意をして、家族一緒に食卓を囲み、寝る時以外は、居間の椅子に座って家族の様子を見守りながら生きていてくれた。ある日、その椅子に料理雑誌が有ったので、一樹が片付けようとすると、順子が言った「それを眺めるのが私の食事だから、片付けないでくれ」と、何時になく強い調子で訴えた。癌が見付かってから、三年八ヵ月、本当に長く辛い月日だっただろう。振り返れば、二人の結婚生活は三十七年間だった。仕事の都合で家を留守にする事が多く、一樹の気ままで職場を頻繁に変わり、両親と同居し、何故か子宝に恵まれず、芥川市での十五年間の保母勤務を経た三十七年間、本当に有難うと、心からお礼を言い、手を合わせた。

一樹が茫然としていたその部屋、気がつくと二人の女性の看護師か医務員が遺体の処理を行い、衣服を整えていた。一人が言った「亡くなられた方は、どんな世話をしてもいつも「ありがとう」「すみません」と労ってくれた、本当に心のお優しいお方でした、と。適当に返事して、そのまま姿勢を変えないでいると、「葬儀社を紹介いたしましょうか？」と訊ねてきた。昨夜の帰り道、隣の駅前にある家族全員が会員になっている葬儀社に出向き、明日か明後日亡くなる者がいるので、と葬儀の予約を入れていた。「予約している所がある」と返事すると、その人の口調が急に変り、医療費の精算は後で良いが、ご遺体は、今夜中に移動して、部屋を明け渡すよう、とのこと。時計を見れば、もう午後十一時、慌てて葬儀社に連絡し、車を回して貰い、遺体に付き添って夜の街を葬儀社に向った。何とかその日中に間に合った。

第五節　その後のこと

さて、順子の葬儀である。直後の葬儀を公で行う事に一樹は耐えられず、一樹の両親と順子の弟夫婦、一樹の妹の家族だけの密葬とした。密葬と言っても葬儀社の大きな会場で行う一般的な葬儀であった。本葬儀は、約一ヵ月後、高倉台の公民館を会場にして、近所や友人、会社関係者を招いて執り行った。受付は友人夫婦にお願いし、先日の密葬時の写真を掲示していた。二回も葬儀を行った理由として、挨拶で一樹が述べたのは、順子の両親の葬儀がいずれも二月であった事から、更には祖母も二月に亡くなっており、日頃から順子は二月を忌み嫌っていたため、寒い時期を避けて三月にずらした、と説明した。

密葬の直後、どこから嗅ぎ付けたか、子供の頃からの一樹の友人塚原君が久し振りに電話をしてきて、その後変わりはないか？　と聞くので、嘘はつけずに、実は……と話すと、こちらが本葬儀の案内を出すから、今は来てくれるなと言うのも聞かず、他の友人三人を引き連れて三月早々に来宅した。内、加山君は僧侶のため、お衣と袈裟を用意して読経してくれた。もう一方は、順子の友人達で五人ほどが同じ日に弔問に来た。こちらも、五人のうちの一人は、順子が瀕死状態の時、彼女も会いたくないと思うから、今は、来てくれるなと電話で言っているにも拘らず、翌日、自ら病院を探して強引に見舞いに来て、順子の容態を見て驚いて帰ったが、本葬儀を待たずに他の友人を誘って来宅した。どちらも遺族にとって、そんな時は誰とも会いたくない、そっと放って置いて欲しい時である。本当に迷惑なことと一樹は思った。

子供の頃からの友人塚原君は、元来、嫉妬心が非常に強く、その裏返しか、他人の不幸は蜜の味、と公言して憚らない性格の人間で、周囲の友人を、次々とその餌食にしてきた。一樹も、まんまとその術中にはまった。後に、他の友人斉藤君から聞いた話では、彼塚原君は、当方に弔問に来た時、あの岩成が泣いていたと、声をあげて嘲笑っていたらしい。予想していた通りであった。その友人斉藤君も、その話を何故、当人の一樹にその様子を直接伝えたのか理解に苦しむ。最初は聞こえない振りをして、一樹が黙っていると、同じことを繰り返して言い、一樹の顔を覗き込んで反応を確かめていた。塚原君の方は高校を出て一旦京都市内の菓子屋に就職したが、進学の夢を捨て切れず、翌年、大阪の私立大学の経済学部に入学して、卒業後は外資系商社に入社、欧米に頻繁に出張して業績を上げていた努力家で、定年退職後、自ら京都市内で小さな個人商社を立ちあげ、事務所が出来た時、わざわざ一樹を案内して説明していた。しかし、最初は退職した会社の在職時のコネで何とか仕事が出来たが、その後は巧く行かずに早々に手を引いたという経歴の持主である。斉藤君の方は、有名私立大学の法学部を卒業後、大手の化粧品会社に入社し営業面で活躍していたが、学生時代からの夢である「山」関係の仕事を目指して十年程で退職し、信州の別荘地で自らペンションを経営しながら、山の案内人となり、冬場はスキー場でのインストラクターを稼業としていた。自営業は、当然、営業、運営、調理、接客、建物の維持管理まで、全てを一人で処理しなければならない。東京や大阪に一人で営業に走り回っていたが、仕事は細々としか続けられなかった。この二人に共通して言えることは、何時しか、一樹には追い付けない、とても一樹のようには成れないと、ある種の高みに一樹を置いてしまって、それに対する羨望が、いつの間にか強い嫉妬心となり、一樹が妻を失って悲嘆に暮れている状態を見て、何とも言えない優越感を持ち、前記のような言動に出たのであろう。こんな二人に接して、永い間の親友と思っていた一樹は、驚愕した。この様な下劣な人間とは今後、友人として付き合えないと思い、一方的に絶交した。一樹にとって人を見る目、更に言えば、人生観が大きく変わった思いがけない友の裏切りであった。一樹として本当は、こんなことを書き残したくない気持ちでいたが、順子のために明記すべきと考えた。

順子の死後、不思議な体験をした。ある夜、自宅のベッドに入り、横向きになり寝かかっていた一樹は、突然、背中からスッポリと何とも言えない心地よい感触に全身が包み込まれた。これは何だと思いながら、うっとりしていると、暫く続いたその感触は、ゆっくりと端から剥がれるように無くなった。ハッと気が付いた、その日は、順子の死後、丁度四十九日目であった。仏教で言われている、家の棟に留まっていた死者の霊魂が、あの世に向けて旅立った夜ではなかったか？　その時、これこそ、彼女の一樹に対する最後の別れの挨拶だったと思い、今でもそれを信じている。本当にお世話になり、有難うと心より礼を述べた。

この四十九日間は、中陰の期間とされ四十九日目を「満中陰」として法事を行う。順子の満中陰の法事は、早めの三月三十日に自宅で行った。そして翌四月十六日に母ヒサと共に京都市北部の妙心寺近くにある菩提寺・東光寺に行き、岩成家の墓に順子の遺骨を納めた。また、その足で市内東山の浄土真宗本願寺派本願寺（西本願寺）の大谷本廟に赴き、分骨を「祖壇納骨」として納め、これで一連の法事は完了した。

一樹は、翌四月十七日の朝、プイと愛媛県松山地方に一人旅に出た。岡山まで新幹線、それから特急列車に乗換え備讃瀬戸大橋を渡って、出張で旅慣れている予讃線を西へ、松山から更に西へ行き、まず内子で下車した。古い街並みの中に大正時代に出来た現存の重要建造物の芝居小屋「内子座」を見付けて、その地下に潜り、廻り舞台や奈落《ならく》のからくりを見学した。また、むかし、櫨《はぜ》の実から造る和蠟燭で財を為した古い商家「蠟燭御殿」の豪壮な屋敷も見学した。その日は松山市まで戻り、中心部のホテルで一泊し、翌朝、ふと思い付き、迷うことなく市郊外にある四国八十八ヵ所の第五十一番札所の「石手寺《いしてじ》」に向かった。お寺の名前は知っていたが、初めてのお参りであった。道後温泉から更に二十五分、巡礼さながら徒歩で向かった。石手寺に着いて初めて、一樹は何故ここに居るのだろうと我にかえったように自問した。何かに導かれて知らぬ間に門前に至ったように感じられた。境内は存外広く、国宝の仁王門や重要建造物が建ち並んでいた。四国巡礼を最初に始めた人と言われる地元の豪族・衛門三郎の座像が庭にあり、土産物屋も軒を並べていた。本堂の前では何組かの巡礼姿の人達が、それぞれに声高に般若心経を唱えていた。本尊は薬師如来、真言は「おんころころせんだりまとうぎそわか」である。一樹は、お寺の受付で貰ったパンフレットにある「光明真言」を三度唱えてお参りした。「帰命不空光明遍照大印相摩尼宝珠蓮華焰光転大誓願（読み：オンアボギャベイロシャノウマカボダラマニハンドマジンバラハラバリタヤウン）」お寺を後に、道後温泉経由で東側からロープウェイに並行しているリフトに揺られて山上の松山城に登り、その日に航空機で帰宅した。九十六歳と八十四歳の老親を残して家を留守に出来るのは一泊二日が精一杯であった。

順子が居なくなった現実を突き付けられるようになった日常を、納骨を終え一通りの法事が過ぎて、一樹は何とか、その状況から離れたいという願望がこの旅を齎《もたら》したのであろうが、結局、やはり、順子を弔うお詣りになった。しかし、一樹は遺産相続の問題と医療事故の疑いの結着に、この後、間を置かずに対処せざるを得ないのであった。

第五章　義弟との遺産相続問題

第一節　調停が必要となった経緯

平成十五年（二〇〇三）三月二十三日に順子の本葬儀が終り、同月二十七日に一樹は義弟澤井義弘に電話を入れ、三十日に忌明けの法事を須磨の自宅で行う事を伝えた。その際、順子の遺産相続の話はどうなっているか、と訊ねてきた。彼は九年前に義父澤井義康の遺産相続時に姉が相続した約一八〇〇万円は、彼女の老後のためであった、と言って、「もう老後は無くなったからその金は不要のはず、返せ！」と怒鳴るように言った。驚いて「何だ、その言い方は」と言い返すと、「返してもらいたいと思っている」と言い直した。一樹は死者に対する冒瀆、遺族の悲しみを考えない非情な言葉に驚愕し、身震いするような怖れと悲しみを覚えた。それに対して一樹は義父（澤井義康）の遺産相続の際、順子から多額な生前贈与を行っているので、今回の順子の遺産相続権は放棄してくれと伝えたが、承知せず「法定相続分は最低貰う」と言い張って、三月三十日の法事の時、話し合う事になった。

三十五日の法要の後、一樹の両親と妹の家族など十人ほどで法事を行ったが、その会が終わるのも待ちかねて、義弘が「そろそろ、先日の話……」と言いかけてきた。義弘と二人で話し合いをする予定でいたが、妻の泰子も同席すると強弁したので二階に上り三人で話をした。まず、義弘が黙って小型の録音機を膝の前に差し出したので、理由を聞くと「後で何か問題になった時のため、念を入れる」と言って引っ込めず。「姉順子の全ての財産目録を開示せよ」と迫った。一樹は「死後まだ三十五日目、そんな書類は用意していない。それより三月二十七日に電話で聞いた相続に関する意向は変わらないのか」と問いかけた。「法定相続分は貰うという考えは全く変わらない」と義弘が返事。さらに泰子が「本来なら渡さなくても良かったはずである他家に嫁いだ娘に、渡した亡き義父の遺産、若死にしてその老後が無くなり不用の筈」と暴論を言葉にしたのには一樹も驚いた。横にいた義弘も頷くので「あなたは、本当に順子の弟か」と詰問した。泰子は「戸籍を無視すると は頭がおかしくなっている。第三者を入れて正式に話合う必要がある」と言ったので、「家庭裁判所に中立してくれ」と返事した。「ただし、その場合には、今さら思い出したくない義母・義父が何故あのような最期を迎え亡くなられたのかが問題になり、義父の遺産相続の経緯の詳細を話さざるを得ない事を承知してくれ」と言った。それに対して泰子は「義姉があのように癌になり、若死にしたのは、岩成家での数々の苦労が原因と考えられる」と根拠のない話を玄関で喚きながら帰って行った。これを脇で聞いていた一樹の両親や妹、姪等の家族はびっくりすると共に、非常な怒りを禁じえなかった。

四月二十日、一樹より義弘に電話を入れ、泰子を除いた二人だけでの協議を提案、大阪で会う事にした。話し合いには順子の全財産を開示する事なしに応じられないとの態度が強硬であったため、通帳など現物は持参しない事で諒解を得た。また、気分の悪くなる録音機の持ち込み禁止を伝えた。

四月二十六日、大阪駅前のホテルの喫茶室で義弘と面会、協議を行った。ただ、最初に財産目録を提示したところ、銀行の支店名、所在地まで一字一句指先でなぞって確認し念を入れていた。生命保険については入院給付金特約の有無まで質問してきた。財産目録と共に一対となる「寄与分表」を見せ、内容を説明したが、義弘は葬儀代以外の寄与分は認められないと主張した。次に、順子の遺言を伝えた。「いまさら、あの子が私の遺産相続の話を持ちかけて来る筈はない」との言葉に、突然、義弘は顔面蒼白となり、顔を震わせながら腰を浮かし始めて、落着きがなくなった。また、妻の口頭の遺言を基に作成した「遺産相続協議書（案）」（金額抜き）を提示し、内容説明と協議了解金三〇〇万円を口頭で提案した。さらに、義父の遺産相続結果表も提示して、いかに多額の贈与を姉の順子から受けていたかを説明しようとしたが、ほとんど聞く耳を持たず、「寄与分も生前贈与も認めないから……」と呟くように言い、挨拶もなく立ち去って行った。一樹は資料を食い入るように見詰めている義弘の、着ていた替上着の袖口が綻び、糸が垂れていたのを見逃さなかった。

それは、一樹には虚勢を張り強い口調で要求しているが、それは、後ろであの気性の荒い妻泰子が、遺産獲得のため、義姉順子の気持ちをおもんばかることなく、義弘の背中を無理押しして、誘導しているに違いない事を確信した。しかし、このままでは最早、話合いでは問題は解決しないと判断せざるを得ず、家庭裁判所に調停を依頼するしかないと考えた。

大阪での話し合いに際して、一樹が用意した「財産目録は」の内訳は、

①朝日生命の据置していた普通預金と入院給付金を合わせて約四八〇万円、
②郵政省の定額預金・普通預金・入院給付金で計約七〇〇万円、
③三菱信託銀行の定期と普通預金で約一〇四〇万円、
④みなと銀行の定期と普通預金計で一二二〇万、
⑤不動産として須磨区高倉台のマンションの四分の一の所有権として時価一三五万円で、合計約三五七五万円であった。

一方、この順子の財産の維持に一樹が寄与した「寄与分」に金額は、保険等で補填された医療費は順子の口座に振込んだとして、一樹が負担した。

①療養費は計約四〇〇万円、
②葬祭関係費計約二一〇万円、
③三年以上にわたる順子の闘病期間、常勤から非常勤となって一樹が寄り添ってきたための給与差額と退職金差額の、給与関係寄与分（遺失給与）は約一五三〇万円、
④遺産相続分約一九〇〇万円（義父澤井義康の遺産相続時に岩成順子の代理人として、最終的に

順子が相続する事になった分）

以上、計約四〇四〇万円を寄与分として表示した。従って、この寄与分を考慮すると、順子の遺産額はマイナスとなり、義弘に分け与える遺産はない。というのが一樹の主張であり、義弘に相続辞退を求めた理由であった。

一方、義弘は、寄与分として葬祭費用のみ認めるが、その他は一切認めず、義父の遺産相続時に順子が取得した約一九〇〇万円はそっくり返却した上、残りの遺産総額の法定相続分は頂くというのが、協議するに値しない当初の主張であった。それが、最低でも現在の遺産総額の法定相続分は頂くというのが、最後に大阪で会った協議での要求であった。

ここで言う「法定相続分」とは、民法第九〇〇条【法定相続分】で、同順位の相続人が数人あるときは、その相続分は、次の各号の定めるところによる。

①　子及び配偶者が相続人であるときは、子の相続分及び配偶者の相続分は、各二分の一とする。
②　配偶者および直系尊属が相続人であるときは、配偶者の相続分は、三分の二とし、直系尊属の相続分は三分の一とする。
③　配偶者及び兄弟姉妹が相続人であるときは、配偶者の相続分は四分の三とし、兄弟姉妹の相続分は、四分の一とする。

となっている。この③号の相続分を義弘は要求しているのである。金額にして、最低、遺産総額約三五七五万円から葬祭関係費約二一〇万円を差引き、その四分の一である約八四〇万円を最低額として睨んでいるのであろう。

妻の遺言を基に一樹が作成した「遺産相続協議書（案）」は、全ての遺産を一樹が相続するという協議案で、ただし、義弘には協議了解金〇〇万円（金額空欄）を支払うとしたものであり、口頭で協議了解金を三〇〇万円と提示したが、義弘は一顧だにしなかった。

第二節　家庭裁判所への申立と調停

一樹は、当方の案に不服なら、裁判所に申立を行えと義弘に言ったが、義弘の方から申立をすると、法定相続分のみの問題となるおそれがあり、一樹が主張する寄与分が俎上《そじょう》に載りにくいと判断し、一樹の方から申立と調停を申請する事にした。

一樹が申立を行う場合は、相手方の住居に近い家庭裁判所が舞台になる。そのため、まず遺産相続の申立と調停申請書を入手し、必要書類を確認するため、平成十五年（二〇〇三）五月一日）に奈良家庭裁判所に赴いた。

裁判所は近鉄奈良駅の近く、奈良県庁の隣にあった。当時、旧庁舎は解体工事中で、敷地北側の空き地に建てたプレハブの仮庁舎であった。二階の窓口で「家庭裁判所のしおり」と「家事事件のしおり」という小冊子を手渡され、奈良家庭裁判所訟廷事務室（家事受付係）の係官から「遺産分割の申立てに必要な書類」一覧表の内容に付いて説明を受けた。その際、家事相談を受けるものに対する一般的なお願い事項として以下の事柄を伝えられた。

①　家事相談は、家庭内や親族間についての問題を解決するために、家庭裁判所をどのように利用できるかについての手続などを説明するためのものです。他人との間の紛争については、原則として家庭裁判所では取り扱えませんので、他の機関などを利用して下さい。

②　法律的相談や身の上相談には応じられません。

「こういう場合は離婚した方がいいでしょうか。慰謝料は貰えますか。」

「私は遺産をどれくらいとれそうでしょうか。」

「私の言い分は正しいですか。」

「養育料はいくら貰えるのでしょうか。相場はどれくらいですか。」

というように、金額の見通しや具体的意見を相談担当者に求められても、お答えできませんので、悪しからずご了承下さい。

③　現在、裁判所で訴訟、審判又は調停事件として進行中のものについては、相談に応じられません。

④　一回の相談時間は概ね二十分程度を予定しています。要点を絞って要領よく説明するなどして協力して下さい。

そして、申立書の記入例を貰った。必要書類とは……

1　相続関係を証明する書類

(1)　被相続人（亡くなった人）の除籍謄本・改製原戸籍謄本　一式（出生から死亡までの一連のもの）

※これらは、被相続人の相続関係を確定するために必要なものです。取り寄せ方が分からない場合には、家庭裁判所の家事受付係か、近くの市区町村の戸籍係に問い合わせて下さい。

(2)　相続人全員の戸籍謄本　各一通

(3)　兄弟姉妹が相続する場合には、被相続人の父母の出生から死亡に至るまでの連続した戸籍謄本　一通

(4)　再転相続（被相続人の死亡後、遺産分割が終了するまでに、相続人が死亡した）の場合には、死亡した相続人の出生から死亡に至るまでの連続した戸籍謄本　一通

(5)　代襲相続（本来相続人となるべき者が被相続人より前に死亡している）の場合には、本来相続人となるべき者の出生から死亡に至るまでの連続した戸籍謄本　一通

2　遺産を証明する書類

(1)　遺産目録

当庁所定の目録用紙を使用する。

特別受益として主張される物件については、土地、建物、その他のそれぞれの遺産目録用紙の中に、「特別受益分」として項を分けて記載する。

(2)不動産（土地、建物）について
登記簿謄本、固定資産評価証明書
不動産の現況の資料（測量図、公図、土地建物の位置関係を示す図面）
(3)預貯金、株式・その他有価証券、債券等について
金融機関名・支店名・口座番号、通帳の写し、口座の残高証明書、株券・国債その他の有価証券の写し、株式取引会社の取引証明書、その他の明細書
(4)借地権、借家権について
賃貸借契約書の写し、登記簿謄本
(5)相続税申告書の写し

3 事件の管轄を証明する書類

(1)被相続人の住民票の除票の写し（又は戸籍の付票の謄本）一通
(2)相続人全員の住民票の写し（又は戸籍の付票の謄本）一通

……と非常に多岐にわたる煩雑な書類が必要であった。

まず、民法第九〇〇条に照らして、被相続人に子供がおらず、両親、養祖父母、実祖父母が既に他界し、相続人は配偶者の一樹と実弟の義弘の二人だけであることを前記の書類を揃えて証明する

必要があった。順子の死去に伴って、予め用意の出来ている一樹自身の戸籍謄本以外は、関連するお役所（京都市下京区、同北区、大阪市東淀川区、神戸地方法務局）に直接出向き、戸籍謄本及び住民票・区分建物全部事項証明書等を入手した。

最初に奈良家庭裁判所に行ってから約一週間後「寄与分を定める調停申立書」と「遺産分割調停申立書」を作成して提出した。

因みに申立に必要な費用は、申立書それぞれに九〇〇円の収入印紙を添付することと、裁判所から申立人および相手方に郵便連絡するための切手、各二六〇〇円分（当時は八〇円切手三〇枚と一〇円切手二〇枚）であった。切手の使用残額は、調停終了後に返還されることになっていた。

まず、寄与分を定める調停申立書では、「寄与の時期・方法・程度等」欄で以下のように記した。

1　申立人は被相続人の夫で、結婚して三十六年余、同人と生計を一にしてきました。

2　被相続人のがん闘病生活（約三年七ヵ月）の間、及び今回の遺産分割事件で問題となる被相続人の父の遺産分割時（平成六年）に、被相続人の財産の維持・増加に対して、申立人は下記の特別な寄与を行ったと思っております。

①　平成六年両人の父の遺産分割協議時、相手方（澤井義弘）が被相続人（岩成順子）の取り分ゼロを強く主張したが、申立人は被相続人の代理として最終的に預貯金の約半分（約一九〇〇万円）の分割を相手方に同意させた。

②平成十一年七月〜平成十五年二月の間、被相続人の療養費（医療費・健康食品費・医療関係品費）約四〇〇万円は申立人が支払うと共に、高額医療費補償金や保険金当の収入は被相続人の預金口座に振込んでいた。

③平成十二年六月、被相続人の病状に鑑みて、会社（常勤）を退職し、別の会社に非常勤で就職、被相続人を継続して看病および、通院の付き添い等の支援を可能にし、同人の精神的な安定を図り、延命に努力した。しかし、その間（平成十五年七月末で）に申立人は約一五〇〇万円の減収となった。

④被相続人の遺言に従い、通夜・密葬と本葬を分けて執行したが、その葬祭費用約二〇〇〇万円は申立人が負担した。

[1] 相手方は上記④の葬祭費以外は一切認めないと主張し、寄与分が未定です。

[2] このたび、被相続人の遺産分割事件が貴庁に係属しましたので、被相続人の財産の維持、増加に対する申立人の寄与分を定めることを求めて、この申立てをします。

一方、「遺産分割調停申立書」では、「申立ての趣旨」欄で、被相続人の遺産の分割の調停を求める、とし、「申立ての実情」欄では、①遺産の範囲に争いがある。②分割方法が決まらない、として、③その他で「相手方（澤井義弘）は被相続人から生前に受けた特別利益を認めず、また遺産に対する申立人の寄与分も葬祭費以外は全面的に否定している。さらに、申立人の提案する協議案も拒否している。遺産の種類は、「土地・建物・預貯金」特別受益は①有、とし、遺言は、②無、と記入した。

相続確認表（表⑭）

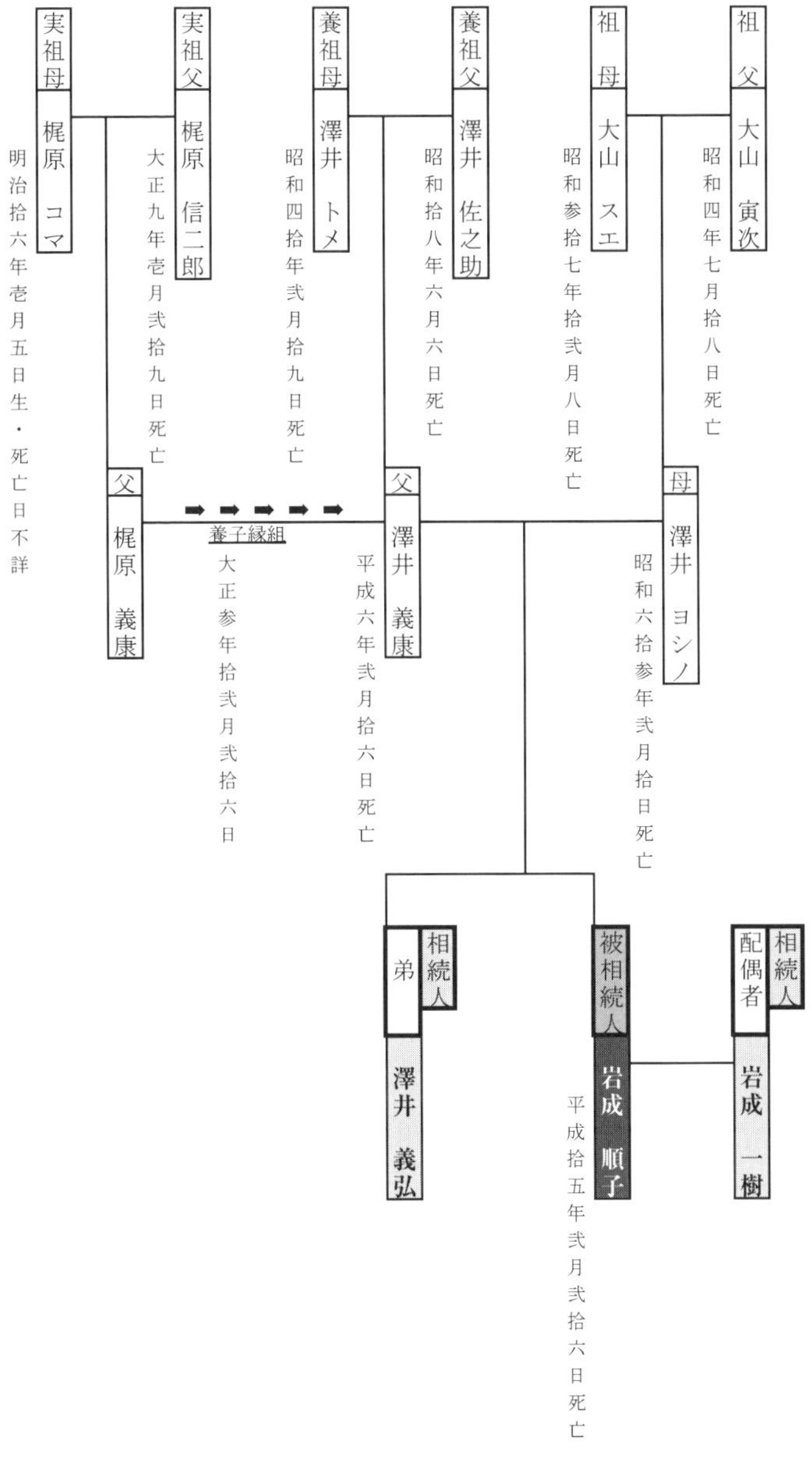
祖父
大山　寅次
昭和四年七月拾八日死亡
祖母
大山　スエ
昭和参拾七年拾弐月八日死亡
養祖父
澤井　佐之助
昭和拾八年六月六日死亡
養祖母
澤井　トメ
昭和四拾年弐月拾九日死亡
実祖父
梶原　信二郎
大正九年壱月弐拾九日死亡
実祖母
梶原　コマ
明治拾六年壱月五日生・死亡日不詳
母
澤井　ヨシノ
昭和六拾参年弐月拾日死亡
父
澤井　義康
平成六年弐月拾六日死亡
養子縁組
大正参年拾弐月弐拾六日
父
梶原　義康
相続人
配偶者
岩成　一樹
被相続人
岩成　順子
平成拾五年弐月弐拾六日死亡
相続人
弟
澤井　義弘

そして、「遺産目録」の表に、これは少々強引であったが、平成六年に父澤井義康の遺産として順子が受け継ぐべき父の宅地と建物の1／2を澤井義弘に贈与したことを義弘の特別受益分として計上した。最後に現金、預貯金、株券の遺産目録表に十四項目の預貯金等とその金額を、金融機関名、支店名を記して、通帳番号、口座番号、証券番号そして証書番号を明示した。

また、付属書類として、戸籍謄本、住民票などと共に、岩成順子の実祖父母、養祖父母まで遡った「相続確認表」（添付・表―⑭）を提示し、相続人が配偶者の岩成一樹と実弟の澤井義弘の二人だけであることも証明した。その中には実祖父の「梶原信二郎」については大正九年に保存期間が終り除籍となり戸籍謄本が入手出来なかった。そのため、実祖母の死亡日が不詳となったが、京都市中京区長の「廃棄証明書」を提出する事で裁判所に諒解して貰ったものも含まれている。

これらは、【平成十五年（家イ）第291号・遺産分割調停事件】と【平成十五年（家イ）第292号・寄与分を定める調停事件】として受理された。

調停事件を申立して二週間後、五月二十二日付で、家裁・中本書記官名で第一回の調停を行うという通知書が届いた。調停の期日は六月二十三日・午後一時半より、となっていた。その通知書の（注）で、「調停委員は、双方の言い分を十分に聞いて適当な解決を付けるよう努力しますから期日には必ず出席して下さい。」と記されていた。それと、何故か、書面の冒頭に【平成十五年（家イ）第292号・寄与分を定める処分・調停事件】と、第291号の【遺産分割調停事件】と並列で書かれていた冒頭の表題が、訂正印で削除されていたのが気に掛かった。これは、当方の中立書が家裁から澤井義弘に提示され、彼がその中立を受けて立ち、出る所に出て話をする事を応諾したことになる。言い換えれば、一樹が主張する寄与分が妥当と認められれば、順子の財産額はマイナスになり、分割する遺産相続の話は無くなることになるが、直接の協議時に義弘が言った「葬祭費用以外は一切の寄与分は認めない」ことに家裁側も同調しているのかとも考えられた。しかし、第一回の調停である。双方の言い分を確認し調停員の不明点を明らかにする打合せと考えて、当日、調停員に直接伝える内容をメモにして持参することにした。

当日、中本書記官が陪席して、二人の家事調停委員と一人の家事審判官と面接した。相手方の義弘は別室にいるのか、既に面接が終わっているのか姿は見当たらなかった。一樹は中立書に記載した内容の詳細を口頭で伝えた。

まず、順子が死亡する三日前に聞いた遺言の経緯とその内容を伝えた。さらに、前記した相手方と直接行った遺産相続協議の経緯とその内容を話し、家裁での調停に持ち込まざるを得なかった事情を説明した。次に、妻順子死亡前後の相手方の言動を報告した。

① 昭和五十四年（一九七九）以来、二十四年間、当方の家に来ていない。

② 平成十二年（二〇〇〇）九月の義母・ヨシノの法事の際、順子の病気を伝えたが、反応なし。

③ 平成十四年（二〇〇二）三月、義弘が奈良に新居を購入したのでお祝い金十万円を持って出か

けた。順子が目下点滴治療を行っていると話をするも、その後一年以上の間、電話・訪問・手紙などの見舞い無し。

④今年二月十四日に電話して、余命十日余りと伝えて見舞いを要求したが冷淡な反応。

⑤翌二月十五日に義弘夫婦で病院に見舞いに来た。「どうも」と言っただけで何の話もなし。

⑥その際、順子の話で須磨の自宅に初めて来訪した。以前、須磨海岸にまできた事があると言っていたが、岩成家には顔を出さず。

⑦二月二十六日夜、死亡の通知をした。二十七日通夜、夕方夫婦で来たが、挨拶は「どうも」と言ったのみ。妻泰子は、頭をチョット下げただけでお悔やみの言葉一切なし。通夜もせず、霊前で拝んで直ぐ帰宅。

⑧二月二十七日親族だけで密葬、義弘のみ出席、妻泰子は二十七歳の息子が熱を出したとかで、看病のため欠席。

⑨二人の子供は三月二十三日の本葬も含めて出席せず、一切顔を見せていない。

⑩三月二十三日の本葬儀は夫婦で出席したが、まるで他人事のように見えた。一樹が喪主挨拶で、遺族として義弘夫婦の立ち並びを依頼したが、泰子の意見で止めになった。

⑪三月三十日忌明けの法事の後に、泰子は「こんな恐ろしい家に長居は無用」と喚いて帰った。

また、平成六年、義父澤井義康死亡による遺産相続の顚末も伝えた。

①　義父は平成五年（一九九三）十二月、八十一歳の一人住まいで無理が祟《たた》ったのか、ぎっくり腰で入院。

②　入院中の翌平成六年（一九九四）二月十六日、宇治黄檗の病院で院内感染の「肺炎」で死去。

③　それまでの間、妻順子は泊まりがけも含めて長い間何回も看病に神戸から通った。

④　妻順子は、亡父より病院で「遺産全部を順子に相続させる」と口頭で聞いていた。

⑤　二月十七日通夜の法事開始直前まで、泰子は顔を見せず、通夜にも拘わらず泊りもせず帰宅した。

⑥　通夜（二月十七日）に一樹は澤井家に泊ったが、深夜、二階の隣室に寝ていた義弘が「父が階段を登って来た」怖いと泣きながら通夜で霊前にいた姉順子に話をした。

⑦　三月二十日の相続協議で「遺書はないが、父の話により、不動産は全て自分の物」との主張を繰り返し、順子は嘆きながらも、今後、両親・先祖を長男として祠るなら、という約束で譲った。直ちに不動産の相続協議書を義弘が作成し、捺印を迫った。

⑧　三月二十七日、預貯金の相続協議の際、出かけて見ると澤井家の家財道具一式を、順子に事前の相談なく、義弘は勝手に処分しようとしていた。また、預貯金もすべて義弘が相続しよう順子に迫った。順子は堪らず「全部お前にやる」と泣きながら叫んだが、一樹が間に入り、最低預金の五十％の相続を獲得した。

⑨ 四月三日、何故か三月二十一日付の預貯金相続協議書を義弘が作成、順子に署名捺印を迫った。順子は四月四日ショックで熱を出して寝込んだ。

⑩ この間、一樹は葬儀の後、三月二十日、二十七日それに四月三日と神戸から宇治の澤井家に出向き相続協議の話に加わるも、前年末より体調が優れなかった実母（岩成ヒサ）が、子宮がんで入院・摘出手術を四月五日にした事や、仕事の出張が忙しく、十分相続内容を把握出来なかった。

⑪ 義父の遺産相続の件を、今回の順子の相続の話で拘《こだわ》るので、九年前の書類を取り出し内容を確認したところ、五〇％と思っていた預貯金の分割が、義弘の意図的な操作からか、順子分が約三％（金額で約八十万円）少なくなっていることが判明した。

これらに加えて、義父母の死に間接的に影響があったと考えられる相手方澤井義弘夫婦が義父母に対して行った過去の不行状も、前に記したように述べた。

最後に、現在の遺産相続に臨む当方の心境と相手方への感情を以下のように正直に話した。

① 四月二十六日、相手方と直接協議した後、妻順子が記した父の遺産相続時（平成六年）の日記とメモを発見したが、当時の順子の心境が、本人にとって非常に深刻なものであったと再認識した。各所に「あの子（義弘のこと）は何であんな風になったのか？」と書いていた。今回、

妻の死因になった胃癌の原因は、相手方（弟）の過去の行状、特に義父の死亡に至った経緯および遺産相続協議の内容にあるのではないか？　とさえ思う。

②　よって、四月二十六日付で当方が作成した「協議書案」は白紙に戻し、出来れば一円の金額も相手方の払いたくないと、今は感じている。

③　葬儀時に相手方（義弟）から貰った香典（五万円）はそのまま返却したい。

④　以後、相手方（義弟）の顔は見たくないし、今後の付合いは一切行いたくない。

以上、調停員の方々に話をした時間はせいぜい三〇～四〇分であったが、時々頷く程度で反応は鈍いと感じた。

家裁での第二回陳述は、同年七月三十一日午後にあった。当日、一樹は家裁二階の廊下で、向こうから歩いてきた義弘に会った。四月に大阪駅前で協議して以来の出会いであった。五～六メートル先までは相手もこちらを見ていたが、あと、相手はすれ違うまで視線を合していない。当然、口も利いていない。

第三節　詳細な事情説明

二回目の陳述の前に、一樹は家裁の中本書記官宛てに以下のような手紙を提出した。

【主題の事件ではお世話になっています。早速ですが、第二回の陳述は、来る七月三十一日（木）午後一時半からと伺いました。この陳述の参考資料として当方の説明書を作成致しましたので、同封致します。この資料を事前にご担当の調停官にお渡し頂き、目を通して頂ければ幸甚です。

この資料作成の意図は下記の通りです。

前回の第一回陳述時、事情確認・説明の時間が三〇～四〇分しかなく、十分に当方の事情説明が出来ず、また、十分に調停官に理解して頂けなかったのではないかと懸念されました。これは中立書に付けた資料が雑多で、その説明が十分でなかったこともあると思います。前回、口頭で説明するメモを調停官にお渡しししていますが、それだけでは不十分と思い、提出済の資料およびその資料を補足する新たに追加した資料の説明を含めて、今回の「説明書」を作成致しました。

提出済の資料、六月二十三日にお渡しした口頭説明用の資料（メモ）と重複する部分も有ると思いますが、前回、調停官も「何か書面にした説明書があると有り難い」とおっしゃっておられたので、是非、上記のように取扱って頂きますようお願い申し上げます】

添付したものは、以下の1・2・3の資料であった。

1　口頭での遺言の内容と処理

六月二十三日の第一回調停時に口頭で、調停員に被相続人（岩成順子）の遺言を伝えたが、あらためて、その時の情況・内容等を正確に記述しておきたい。

① 状況

妻順子が死去（二月二十六日）する三日前の夕方（本人はその日の朝から心電図モニター用発信機を胸部に装着され、隣の看護師詰所でも心臓の状況が監視できるようにされていた。本人は全身のだるさを訴えていたが、痛みは無かったようである）帰宅準備をしていた私（岩成一樹）に向って妻順子から話しかけ、下記の会話があった。当時病室には妻と私だけしか居なかった。

②　内容

順子：私宛の手紙などの郵便物や写真は捨てて欲しい。私の身の回りの物（衣類や持ち物と考える）も同様に処分して欲しい。

（入院後初めて、死期が近いことを自ら感じて漏らした言葉・遺言と思った。）

一樹：言い遺す事はそれだけか？

順子：それだけや。

一樹：お前の貯金などの財産はどうするのか？

順子：全部、あなた（一樹）のものや。

一樹：それを何かに書いたものは有るか？

順子：書いたものはない。

一樹：義弘君（相手方）が要求して来たらどうするのか？

順子：あの子（実弟の事をいつもこの様に言っていた）が、今さら、そんな事を言って来る筈がない。

（思いも掛けない事を聞いたようにびっくりした顔をしながら、非常に強い調子で、怒ったように言った。過去、弟が行った父母や自分（姉）への仕打ちに憤ると同時に、いくら悪くても、そこまで非道な人間と考えているのか、と私にも怒っているように思えた。）

一樹：俺も、まさか彼は何も言ってこないと思うが、もし、それでも法定相続権を基に、相続を要求してきた場合はどうしたら良いのか？
【本人順子は、この法定相続権の事は、友人にでも聞いて既に知っており、ずっと以前のある日、私（一樹）の両親が亡くなった後、私（一樹）の方が順子より先に死亡した、今と逆の場合、遺言がなければ、私（一樹）の遺産が自動的に妻順子に相続されるのではなく、その一部が私（一樹）の妹にも分割される可能性があることを私（一樹）に告げたことがあった。】
順子：あなたに一切おまかせするわ。（しばらく間をおいて）もし、言って来たら、幾らかでも（お金を）渡してやって欲しい。
一樹：わかった、そうする。
（その後、密葬と本葬に分ける葬儀のやり方について、妻・順子の希望などを聞いて決め、私（一樹）は帰宅した。
（翌二月二十四日の朝、病室に私（一樹）が顔を出すなり、最初の言葉は……。）
順子：昨日の事を誰かに話ししたか？
一樹：何の話や。
順子：私の遺産相続のことなどや。（昨夜、あれから考えていたらしい。）
一樹：誰にも話していない。今は二人だけの秘密や。（しばらく間をおいて）何か変更したい事があるのか？

順子：何も変更はない。あの通りでいい。お願いします。
一樹：わかった。
（その後、水も飲まなくなり、時々唇や口中を、水を含ませたガーゼで湿らしてやるのみ。話は殆ど何もせず、眠っていることが多かった。二月二十六日の昼前、呂律が回らなくなった言葉で私（一樹）に最期の挨拶をして、その夜、息をひきとった。）

2 遺言を基にした協議と結果

上記のことは、いわゆる正式に書面に記した「遺言」でないと承知しているが、予想通り、「遺言書」がない事を知った相手方（澤井義弘）から法定相続分の遺産分割要求があり、四月二十六日大阪で当人と協議の際、上記の遺言をそのまま伝えて、作成した「遺産分割協議書（案）」（添付資料）の通り、財産は全て岩成一樹が相続するとして、それに同意した澤井義弘に〇〇万円を支払うとしたもの。（ただし、金額は空欄にして、口頭で三〇〇万円と伝えた）これを提示・説明したが、相手方（澤井義弘）から言下に拒絶された。

【添付資料】
・遺産分割協議書（案）（省略する）

3 相手方が順子から生前に受けた特別利益

六月二十三日の第一回調停時に口頭で、調停員に相手方（澤井義弘）の特別利益につき説明したが、あらためて、九年前の義父（澤井義康）の遺産相続時の状況・内容などを正確に記述しておきたい。

(1) 過去の経緯

義父（澤井義康）は九年前の平成六年（一九九四）二月十六日に肺炎で死亡した（満八十一歳）。義母（澤井ヨシノ）が昭和六十三年（一九八八）二月に事故死（満七〇歳）した後、約六年間の一人暮らしの末であった。

本来、宇治の家で同居していた長男夫婦（相手方澤井義弘夫婦）が、昭和五十四年（一九七九）に妻澤井泰子と義母ヨシノの喧嘩（泰子が義母に暴力を振るった）が基で、泰子が実家（千葉県下）に帰り、あとを追って澤井義弘も家を出たため、両親のみが残された。

泰子が家出した時、三歳と五歳の子供を連れて行ったものの、働くためには足手まといとなり、直ぐ宇治の両親に子供だけを返して来た。止む無く義母（ヨシノ）は初めて練習して自転車に乗り、二児を保育園に送り迎えする事になった。のち、この自転車に七十歳で乗っていて交通事故に遭って亡くなった。

泰子の後を追い、両親が引き止めるのを振り切って家を出た義弘は、両親にどちらかが亡くなって一人になれば帰って来ると約束して、奈良県下の賃貸住宅に家族と共に住んでいた。しかし義母の事故死後も宇治の家には帰らず、義父の一人暮らしが六年間続いた。義父及び義母からは私（一樹）が宇治の家に行く度に長男夫婦の不行跡を繰り返し聞かされた。泰子が実家に帰った直後、私（一樹）は出張の序に千葉の実家を訪ねて仲をとりなそうと試みたが、良い結果は得られなかった。

義父及び義母と長男夫婦の間は、両親健在中はまだ長男義弘とは連絡を取り合っていたようであるが、義母死亡後は義父一人が捨て置かれたような状態で、不自由な生活を強いられていた。そのため。妻順子は私（一樹）が出張中の留守等の合間を見て、出来るだけ都合を付けて頻繁に宇治の家に行き、何かと義父の面倒を見ると共に、義父と二人で何回も国内旅行を重ねていた。

義父の入院中、平成六年（一九九四）一月下旬にこんな事があった。拙宅の二階の納戸で、私（一樹）が、たまたま、祭壇らしいのものを見付けた、妻順子に問い質すと、実は義父の病気平癒を毎日お祈りする祭壇で、片付けるのを忘れていたとの事。先頃、祈禱師にお祈りをして貰い、以後自宅に祭壇をつくり、秘かにお祈りをしていたとの事。祈禱師には八十万円を支払ったと説明を受け、気持ちは判るものの、その無駄な行為を厳しく叱った事があった。父思いを証明する話である。のちに妻の遺品を整理中に出てきた旧い阪神銀行（現みなと銀行）の預金通帳の平成六年一月十一日の欄に、六十万円の引出し記録を発見し、上記のことが裏付けられた。

妻順子（姉）は、弟夫婦が家を出る時、両親の味方となり、弟夫婦に冷たかったとして、以後泰子はもちろん、義弘も昭和五十四年（一九七九）以来二〇年以上の間、拙宅に来たことがない。その間、印刷した年賀状と移転通知のみが来ていた。一方、妻順子は、弟義弘の自宅転居ごとに家を訪ねたり、また二人の甥の成長に合わせてお祝いの金品を贈ったりして関係を持続していた。

義父は入院後も何かと妻順子を頼りにし、かなり頻繁に義父から神戸の拙宅に電話が掛かって来ていた。平成六年（一九九四）になり病状が悪化、妻順子は数日おきに宇治の病院に出かけ、病床の脇で寝泊まって来ることもあった。その間に義父が妻順子に「義弘はわしが死ぬのを待っている」とか「義弘はわしを殺そうとしている」とか。気持ちの悪いことを「うわ言」でいつも言っている、と私（一樹）に報告していた。また、何回も「わしの財産は、家も預金もすべてお前（順子）にやる」と言っていたとも聞いている。（遺書の有無は確かめていない由）

平成六年（一九九四）二月十六日義父死去、十七日宇治の家で通夜の時、深夜、妻順子が一階の祭壇前の仮寝から起きて来て、既に二階で就寝していた私（一樹）の所に上って来て、隣の部屋にいた義弘が「いま、父が階段を上がって来た」と順子に告げて恐れながら泣いていた、と話した。これを聞き、上記、病院で義父が順子に言った事が本当で、義弘の自責の念が高じて、悪夢を見た結果と感じられた。

その後、直ちに義弘は遺産相続の手続を始めたようで、妻順子に実印の印鑑証明書を送るように指示してきた。三月二十一日の納骨の前日、義弘は、家は自分の物と主張し、予め用意した「遺産分割協議書」に判を捺せと要求してきた。三月二十七日に財産関係書を取り揃えて、改めて協議する事にした。当日、義弘は妻順子に一切の相談なしに、家財道具一式を座敷に積み上げて、古道具屋を呼び、売り払おうとしていた。

三月二十七日の協議で、まず当方から百%順子が相続するとの義父の話を出したが、義弘夫婦は声を揃えて「そんな遺書はない！」と否定、逆に「遺書はないが、家の後を継ぐ私（義弘）に百%相続させると父は言っていた」（上記、過去の経緯から考えて、全くありえない話であると感じたが）と主張して譲らず。遺書がないのなら、家も預金もすべて二人で等分するという提案をしたが、泰子が激怒し「他家に嫁に行った者が相続するのはおかしい」と言い出した。「等分が不服なら出る所（家庭裁判所）に出て調停をお願いしよう」と私（一樹）が提案した。隣で黙って聞いていた妻順子が、「これ以上姉弟で争いたくない」と言って、突然泣き出した。結局、家・土地の不動産は百%義弘に譲り、その他の預貯金等は双方五〇%と等分することで添付の「協議書」を作成し合意した。

⑵　義父澤井義康の遺産分割実績の説明

「遺産分割実績表」を、掲げて内容を細かく説明しているが、九年後の今になって再検討してみると、預貯金額に義弘側が示した金額に詐欺的なミスが判明し、義弘側が二百四十三万円多く相続しており、妻順子にその半分の約百二十万円は返却されるべき金額と考えられる、と報告した。
また、土地・家屋の売却代金は、「約六五〇〇万円で売れた」と妻順子に相手方から電話で知らされたが、書面では知らされずそのまま推定値として添付資料の実績に記載した。

(3) 特別利益の説明

上記、義父の遺産相続に至る経緯および遺産分割実績を見ると、相手方（澤井義弘）が被相続人（岩成順子）から多額の生前贈与を受け、特別利益を得ていた事は明らかと考える。すなわち、民法九〇三条に期待されている「被相続人から生計の資本として贈与を受けた者」に相手方（澤井義弘）は該当すると考える。相手方（澤井義弘）の家族は、義父の遺産相続時、奈良県下の借家住まいであり、相続後は宇治の義父の家に住むつもりは無く、直ちに売却してその資金で戸建住宅を購入する意図があった。現実は、その通り相続直後に、相続した土地・建物の売却を見越して、新築戸建て住宅を京都府下木津川町で購入している。

特別受益の額は、遺産分割協議に至る過去の経緯から見て、義父の遺産は百%全額妻順子が相続すべきであったと思うが、遺書がなかった（実際には遺書はあったものの、協議前に内容を見た相手方により破棄された疑いが非常に高い）ため、法定通り等分の五〇%を基にして考える。また、その特別利益の評価額は、義父の遺産分割時の実績から推定値を含んだ添付の「遺産分割実績表」

より計算すると、約三三七〇万円となる。

⑷ 相続額の試算表

上記⑶で試算した相手方の特別利益額を基に、相手方の分割相続額を試算してみる。ただし、ここでは後で述べる申立人（岩成一樹）の「寄与分」を除外して考える。また、相続開始時の相続財産額は添付資料「岩成順子　遺産相続関係財産表」の金額を取る。その金額は申立書の財産目録の金額と若干相違しているが、これはマンションの実勢価格を考慮したためである。上記⑶の特別利益額を妻順子から相手方（澤井義弘）に対する生前贈与額として「持ち戻し」を行い、見なし相続財産額を以下（詳細省略）のように算出する。結果、相手方の法定通りの本来的相続分は一七六〇万円となり、これから生前贈与額三三七〇万円を差引くと、マイナス一六〇〇万円余となり、今回、妻順子からの相続分はゼロ（〇）となるのではないかと考えている。

【添付資料】

① 遺産分割に関する協議書
② 遺産分割に関する協議書（別紙）
③ 義父・澤井義康の遺産分割実績表
④ 義父・澤井義康の株式遺産売却結果

⑤　遺産分割支払明細書(1)
⑥　遺産分割支払明細書(2)
⑦　岩成順子　遺産相続関係財産表
⑧　申立人・岩成一樹が、被相続人の財産形成に寄与した内容の説明

4　寄与分の説明

六月二十三日の第一回調停陳述時に口頭で、調停員にこの寄与分について若干説明したが、時間的制約から十分に内容を伝えられなかった、と感じている。そのため、この書面で内容を正確に伝えたい。

民法第九〇四条の二に「……財産上の給付、被相続人の療養看護その他の方法により、被相続人の財産の維持又は増加に特別に寄与した」分とあり、添付資料の「寄与分表」に計上した金額は全て「寄与分」として妥当なものと考えている。そもそも、義父の遺産相続時、被相続人から相手方への「生前贈与」が全面的に認められれば、相手方の相続遺産額はゼロになる事から、この「寄与分」は相手方（澤井義弘）との遺産分割協議には影響を及ぼさない。家庭裁判所から六月二十三日の第一回調停の通知書を受け取った時、２９１号「寄与分を定める処分」を削除してあったので、

一瞬、考えていたように、この「寄与分」は、もはや問題にならないのではないかと感じた。

以下、「寄与分表」の内容を項目毎に内容を説明する。（説明詳細は省略）

(1) 療養費
(2) 葬祭関係費
(3) 給与関係
(4) 遺産相続分（義父より順子への相続）
(5) 被相続人の財産の維持・増加の説明

【添付資料】（資料の内容詳細は省略）

(ア) 岩成一樹の寄与分表
(イ) 家庭裁判所よりの第一回調停通知書
(ウ) 医療費明細書
(エ) 葬祭費用実績表・領収書
(オ) 経営指標が良好な大手建設コンサルタント表（雑誌コピー）
(カ) 在宅経中心静脈栄養法の手順書
(キ) 岩成一樹の給与明細書（平成十一年分〜平成十四年分）
(ク) 岩成順子　遺産相続関係財産表（平成十五年四月と平成十一年七月の比較表）

第四節　第二回の調停

これらの書類・資料は、前記の通り七月二十二日付けの手紙に添付して、家裁の窓口である三山書記官に送った。そして、第二回の調停が七月三十一日に行われた。当日、家裁の二階廊下で期せずして向こうから歩いてくる澤井義弘に会った。五〜六メートル先まではこちらを見ていたようであるが、すれ違う時には、相手は視線を逸らして、双方無言であった。

調停員は、当方の書面に予め目を通して頂いたと思うが、約一時間、書面を見ながらの当方の説明・言い分に、時々質問し、確認の言葉があった。相手方にこのまま内容は伝えるとの話はあったものの、当方の言い分が正しい、あるいは間違っているとの意見は一切聞けずに、一樹にとって物足りない感じは否めなかった。これは、当初「申立書」作成・提出時に、前記したように、家裁としては、

【私の意見は正しいですか？　と具体的に意見を求められてもお答えできません】

と断りがあった事を示しているように思った。そして、次回は、九月十八日に家裁側から「調停

案」を提示する予定と告げられたが、同時に「その前に弁護士さんの見解を聞いておく方が良い」とのアドバイスがあったのは全く意外であった。

第五節　弁護士の見解

家庭裁判所で言われた通り、早速、一樹は神戸市内の大倉山にある神戸弁護士会館内の総合法律センターに電話を入れ、八月七日午後出向いて相談する事になった。相談内容を下記のように書面にまとめて担当弁護士に相談した。

【遺産相続の相談】

(1)　**経緯の説明**

私・中立人（岩成一樹）の妻・被相続人（岩成順子）は、三年半余りの闘病生活の末、去る二月二十六日に死去した。私共夫婦には子供がなく、妻の両親も既に他界しているため、遺言書のない妻の財産（約三五七〇万円）の遺産分割は、まず、配偶者である私（岩成一樹）と妻の実弟である相手方（澤井義弘）の二人で話合いする事になった。

遺言書はないが、私（岩成一樹）が妻より口頭で直接聞いた遺言を基にして、全財産を私（岩成一樹）が相続するものとし、その代り三〇〇万円の礼金を相手方（澤井義弘）に支払う事で話合いを始めようとした。しかし、相手方（澤井義弘）は、僅かに葬祭関係費（約二〇〇万円）のみを差引いた全財産の法定相続分（二五％＝八四〇万円）を受取る事を主張して譲らず、もの別れとなった。結局、奈良家庭裁判所に両者の遺産分割の調停と申立人（岩成一樹）の寄与分を定める調停をお願いする事になった。現在、双方の言い分の陳述は終わり、九月後半には裁判所から「調停案」（内容は現在不明）が示される予定になっている。

(2) **相談する理由**

裁判所から出される「調停案」に即答する上で、当方の考え方を確認するための参考意見を得ておきたいと考えた。家裁の調停員からも「予め弁護士さんのご見解を聞いておく方が良い」とのアドバイスもあった。

(3) **相談する項目**

① 九年前、妻順子（被相続人）と澤井義弘（相手方）の父の遺産相続時、遺言がなかったため二人で五〇％ずつ等分するところ、妻順子（被相続人）が譲って（無理やり譲らされて）一八％（一八九〇万円）しか相続しなかったが、その差額（約三三七〇万円）は被相続人（妻順子）から相手方（澤井義弘）への生前贈与（特別利益）になるのではないか？

②　寄与分表に示した医療費、葬祭費、給与差額、義父からの相続遺産額は被相続人（妻順子）の財産の維持増加に申立人（岩成一樹）が特別に寄与したものと認められるか？
それが、もし百％で無い場合、それぞれ何％程度が寄与分として財産総額から差し引けるか？

「給与差額」とは、申立人（岩成一樹）が被相続人（岩成順子）の看病・介護を行う時間を得る事を主目的に会社を自ら退職し、その後、非常勤を条件にして別会社に就職したが、その結果生じた給与の差額を意味する。

（義父からの相続遺産額）とは、上記で述べた被相続人の（妻順子）の相続分（一八九〇万円）で、相手方（澤井義弘）が申立人（岩成一樹）の言により、渡す事になったと相手方が認めている。

③　相手方（澤井義弘）は、嫁姑問題を契機に、二〇年以上岩成家を訪れていない。また、三年七ヵ月、姉の闘病生活を知りながら一度も見舞いに来ていないし、電話も手紙も寄越していない。実弟とは言え戸籍上だけの間柄であった。また、姉の死亡に際しても「もう、姉の老後は無くなり必要ないので、九年前の父からの遺産は返せ！」と暴言を吐き、死者を冒涜している。こんな弟にも法定通り遺産を相続させ、労せずに利益を得させることが「法の前の公平」になるのか？

と言うものであった。

【弁護士の見解】

約三〇分間、当方が用意した書面による相談内容の説明を聞きながら、応対してくれた比較的若い女性の弁護士の答は、明解であった。

① 九年前の義父の遺産相続は、内容がどうであれ双方が合意し、署名捺印した「遺産相続協議書」が作成されている。その内容の不公平分を遡って、現在の相続事件に有効な相手方に対する「特別利益（生前贈与）」と見做す事には無理がある。

② 「医療費」を戸主で配偶者の中立人が支払った事は、ある意味当然と言える。「給与差額」は、妻・被相続人の病が無ければ、確かに得べかりし給与かも知れないが、これを被相続人に対する寄与分と見做す事には無理がある。「父からの遺産相続額」は、もし、中立人が傍に居なかったら、被相続人の財産として得られていなかったと断言できず、寄与分とは見なされない。「葬祭費」は一般的に被相続人の財産から費消するのが妥当であるから、これを一時的に中立人が立て替えて支払ったことが明確になるのであれば、被相続人の財産からこの分を差し引いて分割協議の対象とするのが妥当である。

③ 話の内容から、澤井家の嫁姑問題及び両親と息子夫婦の不和は確かに目に余るものが有るが、これを姉と弟の相続問題に敷衍《ふえん》させて、民法に定める相手方の法定相続分を否定することは出来ない。

最後に弁護士から、例えば、全額を申立人（一樹）に譲るという被相続人（順子）の有効な「遺言書」があれば、相続順位の低い姉弟の場合、相手方には、法定相続分の半分の「遺留分」すら請求する権利が認められていないので、それに相手方が不服を申し立てても、一切の遺産は得られない。以上、遺言書がなくて、残念でしたねと話があった。

納得のいく中身の濃い話が聞けた。一樹自身も、第二回調停時に話す資料を作成しながら、この相談で弁護士から話のあった内容と同じようなことを考えていた。最終的に相手方（澤井義弘）に一定額の遺産を手渡すことは仕方がないと思いながら、過去の不行跡や義父の遺産相続の不公平さを公にし、義弘にも再認識させるのが、今回の家裁調停の意義と自身に言い聞かせた。因みに、この法律相談料は税込みで五二五〇円だった。

第六節　調停完了

平成十五年（二〇〇三）九月十八日午前、一樹は家裁へ三回目の出頭をした。部屋に入り調停委員と机を挟んで対面した。と、いきなり調停委員から「六〇〇〇万円を支払うことでどうですか？」問いかけられた。前回の最後に、次回は調停案を出すので即答出来るよう心積もりをして来て下さい、と言われていたが、相手方と直接協議していた時の当方の言い値（三〇〇〇万円）の倍額だったので、返事を言い淀んでいると、「相手も強硬なので、この辺で合意できないですか？」と問い直された。遺産目録の全てを岩成一樹が取得する代わりに、相手方はこの金額の受領で合意する意思を示している様子が窺《うかが》えた。もし、当方がこの調停案を蹴って合意しない場合、「調停」ではなく「審判」を仰ぐ申立を改めて行う事になる。家裁側から「審判」に進みますかと言う問いかけはなかった。先日の弁護士の言葉もよぎり、一樹はこの調停案で合意する事に決めた。

調停委員は、既に用意された調書（成立）と表題にある書類、二部を机上に並べて、内容説明を行い一樹の確認を促した。

下記条項のとおり調停が成立した。

【調停条項】は、冒頭の序章の通りであるが敢えて、そのまま、以下に転記する。

① 当事者双方は、別紙遺産目録記載の遺産が被相続人岩成順子の遺産であることを確認し、これを次のとおり分割する。
② 申立人岩成一樹は、別紙遺産目録記載の遺産をすべて取得する。
③ 申立人岩成一樹は、相手方澤井義弘に対し、前項の遺産を取得した代償として、金六〇〇万円の支払義務が有る事を認め、これを平成一五年十月二十日限り、〇〇銀行××支店の澤井義弘名義の普通預金口座（口座番号一二三四五六七）に振り込んで支払う。
④ 当事者双方は、亡澤井義康（平成六年二月十六日死亡）の遺産（△△銀行、普通預金口座の二四三万円に関して発生していた紛争については当事者間で既に解決済みであることを確認する。
⑤ 被相続人岩成順子の形見分けについては、当事者双方が協議することとする。
⑥ 当事者双方は、以上をもって、本件被相続人岩成順子の遺産に関する紛争を一切解決したものとして、上記条項以外に何らの債権債務の存在しない事を相互に確認する。
⑦ 調停費用は各自の負担とする。

裁判所書記官　大浦浩佑

この二部の書類各頁に岩成一樹の実印で割り印して一部を裁判所に返却した。そして、十月二日裁判所に出頭し、冒頭に家事審判官の押印があり、各頁に裁判所の割り印を捺した正式文書の「謄本」を受領した。

関連する付帯事項として、

① 相手方（澤井義弘）の見せ掛けの要望により、被相続人・岩成順子の墓の所在地（京都市内）を示した書類を裁判所経由で送付した。（九月十九日）岩成家の墓は平成二十三年（二〇一一）に京都から神戸に移設したが、その間の八年間、京都の墓に義弘がお参りした形跡はない。またその後、神戸に移設した墓の所在地を知りたいと言う義弘からの連絡も一切ない。

② 調停条項に記載された被相続人・岩成順子の形見の品々（装飾品・古いアルバム・ハンドバッグ・手箱・祖母や母からの形見の品々等、計三十二品目・三十七品）を宅配便で、要望している澤井義弘宅に送付した。（十月二十三日）

③ 相続決着の代償金六〇〇万円は、十月十七日に所定口座に振込み、二十日付で澤井義弘の領収書を受領した。

第七節　結果と反省

結局、妻順子の遺産総額三六七五万円の内、六〇〇万円（一六・三％）を相手方に分割したことになり、法定の二十五％より少ないが、九年前の義父の遺産相続時の違算分（調停条項に記載分）一二〇〇万円余及び葬祭費二〇〇万円を考慮すると、義弘の獲得分は二十一％程になる。多大な手間と時間を掛けた割には、一樹にとって、ほろ苦い結果であった。元々、法令による取り分を主張する相手に対して挑むのは「蟷螂《とうろう》の斧」で勝利は覚束ないことは承知であった。無手で立向かっても無駄と思い、寄与分や生前贈与の事項を持出し、家裁調停員の心情に訴え、相手方に後ろめたい思いを抱かせる作戦に出たのである。しかし、これで、妻順子の口頭による遺言に叶った結果となり、九年前の無茶苦茶な義父の遺産分割協議結果に一矢を報いたようで、一樹は満足せざるを得ないと思った。遺書が有るなしよりも、子供がいなかったことが、この様な事態を招いてしまった大きな原因であると一樹は今さらながら痛感した。

遺産相続には関係しないが、順子の死亡に伴う生命保険金が別途、四社分で計約一四〇〇万円受け取った。四社の内の一社は協栄生命で、公務員・教職員として順子が加入していた大口であったが、闘病生活の最中平成十二年（二〇〇〇）に倒産して、ジブラルタ生命として後を継がれたため、受取った保険金は微々たるものになってしまった。

澤井義弘に関しては後日談がある。家裁で調停を争った翌年のある日、義弘の叔父山脇隆康の息子で、義弘とほぼ同年の従弟から一樹に電話が入った。お互いのご無沙汰の挨拶もそこそこに彼が言うのには、義弘が家を替わってどこに行ったのか連絡がとれない。転居先を知らないかとの問い合せであった。前記したように、義父義康が亡くなった年、義弘は京都府下のとある町に戸建住宅を購入して転居していたが、その後、しばらく空家にしていた宇治の義父の家が高値で売れ、平成十四年二月に奈良県下の高級住宅地の豪壮な家に住み変わった。病身の順子と共に転居祝いに駆け付けた一樹夫婦に向って、義弘の妻泰子は昼食用弁当を投げ付けるように配って、笑顔も見せず冷遇した。広いダイニングキッチンに配した島式の流しをふと見て驚いた。その中には何時から放置されているか判らない食器や鍋類が洗いもせず山積みのままであった。二階の寝室では、寝乱れたまま、片付けもしない寝具がそのままになっていた。その家には宇治の義父宅にあった幅三尺、高さ六尺の大きな仏壇の代わりに、和室六畳の隅にミカン箱大の小さな仏壇が置かれていた。義弘が以後、澤井家の後継ぎとして先祖を祀り続ける約束の証《あかし》がそれであった。それから僅か一年である。もう、そこには義弘一家はいなくなり、近い親戚にも告げずに何処かに消えたと言うのである。

順子の遺産相続騒ぎの件は、その従兄弟に伝えていないので、当然、元姉の夫が知っている筈との事だった。知らないと言って二ヵ月後ぐらいに再びその従兄弟から電話で、居所が分かった、と言って、新しい住所を知らせようとした。一樹は、今はもう付合いはないのでと、従兄弟の口を遮って別れた。転居の理由は判らないが、新しい義弘の住所に何の興味も関心もなかった。それから、早や十五年が経過した。一樹には、何となく義弘も泰子も、既にこの世にいなくなっている感じがしている。あのように異常な精神状態で長生きできる筈はないと思うのである。

第六章　医療事故訴訟の検討

第一節　医療事故ではないかとの疑問

義弟澤井義弘との遺産相続の裁判は漸く結審したが、一樹には妻順子の事で、まだ未検討の問題が残っていた。

前に記したように、順子は胃癌が見付かって以後、須磨区の病院に入退院を繰り返し三回の開腹手術を受けた。最初は、進行性癌を除去するための胃全摘手術であった。この手術には一樹は納得できたが、二回目・三回目の手術にある疑問を感じていた。順子の死去後直ちにこの疑問に対処する予定でいたが、義弟との予期せぬ裁判沙汰が発生し、具体的な対処が延び延びになっていた。

まず、平成一三年（二〇〇一）十月二十五日に行われた三回目の開腹手術、腸閉塞による食後の腹満感と下痢があり、病院の手術証明書（診断書）では「手術施行するも根治術不能であり試験開腹におわる」となっていた。問題はこの「試験開腹」である。手術の前日、主治医の院長より一樹は、明日の手術に立会うように言われた。その時、院長より開腹手術はあくまで患者本人が治療を要求しているのに応えるための見せ掛けの手術であり、それにより病状の回復は見込めない、と告げられた。手術当日、一樹が言われた通り看護師の差し出した手術衣をまとい、帽子を被りマスクをして更に薄いゴム手袋を嵌《は》めて、何も触らないようにと注意され、両手を空中に掲げて、恐る恐る手術室に入った。そこには六〜七人の医師や看護師が手術台を囲んで作業を行っていた。台上に横たわっていたのは酸素マスクを被せられた紛れもない妻順子であった。一瞬、何故か画家レンブラントの解剖図（テュルプ博士の解剖学講義図）を思い出した。

　最初、医師達の肩越しに覗き込んでいたが、主執刀医の女性医師の合図で、一樹が前面に出て手術の全貌が目に入った。それは初めて目にした信じられないような光景、開腹手術であった。鳩尾《みぞおち》から臍下《へそした》にかけて裁ち割られ広げられた腹腔があり、脈動する心臓の動きに震えている内臓が剝き出しになっていた。執刀医が既に胃袋が無く、食道と小腸が直接繋がった部分を示し、腸管の閉塞部を示し、最早どうしようもなく各器官に転移した癌細胞の塊の数ヵ所を手袋で指さし示した。一樹に病状を確認させ納得させようとしたのであろう。一樹は、余りにも残酷な絵図をとても熟視も直視も出来ず、早々に手術室を出た。そして表現しようのない暗澹たる気持ちになった。

　レンブラントの絵の解剖は、死体の腕の皮膚を剝ぎ、中の腱や筋肉の様子を講義している絵であるが、試験開腹の名の下に行われた順子の場合は、生体解剖であり、何らの医療行為を目的としない見せ掛けの外科的処置である「偽手術」であると彼は思った。術後のある時、順子が彼に「この前の手術で貴方は私のお腹の中を見たでしょう」と問い掛けて来て驚いた事があった。まさか院長が彼女に彼も手術に立会ったと言う筈は無いと思った。手術中に彼女は幽体離脱して天井からその様子を眺めていたような、生死の境を彷徨《さまよ》う危険な試験開腹手術を行う事が正当であったのかと考えたのである。もはやどんな医療行為も無駄な末期患者に何等かの治療手術を行ったと理解させるためだけであれば、この様な試験開腹手術を行うのは不当で、普通の自殺者が行う「ためらい傷」程度の浅い切り傷跡を残す程度か、ごく部分的な短い切開手術でも良かったのではないかと思った。疑えば、若い医師を集めて順子の身体を弄《もてあそ》び冒瀆《ぼうとく》するような生体手術の見学会が行われたのではないかとも、手術の直後は邪推した。

しかし、一樹はあの衝撃的な手術立会の場面を繰り返し思い出し、考えを重ねて行く内に、もしあの試験開腹が不正・不当に行われたとすれば、彼に立会いを求める筈はなく、あれだけ多くの医師や看護師が不正・不当の秘密を保持できる訳は無いと考えて疑いを改めた。

結局、最後まで疑いが残ったのは、平成十一年（一九九九）九月十六日に緊急入院し、二回目の手術を受けて発見された腸の傷跡である。

第二節　医療事故の相談

この疑問を具体的な行動に促したのは平成十五年（二〇〇三）十二月の朝日新聞に掲載された以下の記事であった。

「手術ミスなど医療事故被害」
〈手術ミスや投薬ミスなど、医療機関が引き起こす事故で被害にあった人の法律相談に応じる【医療事故全国一斉相談受け付け】が六日、実施される。県内では弁護士の有志でつくる兵庫医療問題研究会のメンバーが電話で受け付ける。当日は午前十時から午後三時まで弁護士約十人が交代で待機し、相談内容を聞いた上で面談の日取りを決める。一回目の面談には無料で応じる。〉

早速電話したところ「ご留意いただきたいこと」という表題で留意点を記述した書類と共に調査カードが送られてきた。留意点とは、

① 調査カードに付いて

わかる範囲で具体的に書いて下さい。黒のボールペンかインクで、読みやすく書いて下さい。診断書などのコピーを同封して貰っても構いませんが、原本（現物）は絶対に同封しないで下さい。調査カードにご記入のうえお送り頂いたから、担当弁護士が証拠保全の申立、示談交渉、訴訟等、何らかの手続を、必ずお引き受けするとお約束するものではない事をご承知おき下さい。

② 調査カード到着後の流れ

貴方の調査カードが当研究会の事務局に到着すると、事務局では担当弁護士二名を決め、その弁護士に、あなたから送られてきた調査カード等を渡します（但し、当研究会所属弁護士が相談をお受けすることが妥当でない事案については、担当弁護士を決めず、調査カードをお返しすることがあります）担当弁護士は、あなたの調査カード等を検討したうえ、直接面談して相談をお受けすることになりますが、事案によっては書面による回答をもって終わらせていただくこともあります。

当研究会では、あなたの調査カードが当研究会に到着してから二週間以内に、担当弁護士から相談の日取りに付いてご連絡することを申し合わせています（したがって、実際のご相談の日取りは、それ以降になります。）

担当弁護士が決まった後の、あなたのケースについてのご連絡、ご相談、ご質問はすべて直接、担当弁護士になさって下さい。

③兵庫医療問題研究会と、所属弁護士に付いて

・当研究会は、「医療過誤裁判を患者側で担当する弁護士の立場で、医療事故問題に関する情報交換や研究を行い、医療過誤裁判の困難な壁を克服することを目的とする」兵庫県弁護士会所属弁護士の有志で構成された研究会で、その目的実現のため定期的な勉強会の開催等の活動をしています。

・医療過誤裁判は、弁護士にとっては専門外の医学、医療の分野の知識が不可欠なばかりか、医療過誤の発生場面が様々な診療科、診察過程に及ぶため、一定回数の勉強会に参加すれば、ひととおりの医療過誤裁判が自信をもって担当出来るようになる、といった簡単なものではありません。医療過誤裁判にある程度の経験、実績をもった弁護士でも、新しい医療過誤裁判を担当するたびに、一から勉強しなければならない、というのが現実です。また当研究会には、入会前からある程度医療過誤裁判の経験、実績を持った弁護士もいると同時に、これまでの経験はないけれども、当研究会の目的に共鳴し、これから医療過誤裁判をやりたいという弁護士もいます。

・したがって当研究会では、あなたのケースに類似の事件を過去扱った経験がある弁護士を担当弁護士に選ぶといったことをお約束することはできません。むしろ、そうならない場合が多いことをご承知おきください。

・また、当研究会は、勉強会を通じて会員の弁護士に医療過誤裁判を担っていく力の向上に努めますが、当研究会が会員弁護士を指導・監督する立場にはありません。
当研究会が、あなたの担当弁護士を決めた後、あなたと担当弁護士の間で何らかの問題が生じた場合、当研究会はいかなる責任も負えないことをご了承下さい。

「一回目の相談料は一万円（＋消費税）二回目以降、継続相談は担当弁護士とご相談下さい」という〝注〟が通常の場合で、「今回は全国一斉相談からのご依頼ですので、一回目の相談は無料となります」という但し書きもされていた。

このように非常に綿密な留意点が書かれていた。一見して最初から腰が引けたようにも感じられ、医療過誤裁判の困難さを知らされた。

同年十二月十六日「兵庫医療問題研究会」宛てに記入した調査カードを送ったが、以下の文言を一樹は付け加えた。

【調査の質問事項でもお答えしていますが、今一度今回の相談の主旨を申し述べておきます。亡妻の病気は進行性のスキルス性胃癌であり、発見から死亡まで四年弱の間、終始一貫して一つの医療機関にお世話になりました。院長をはじめ担当医師の方々には大変よくして頂き、比較的長く延命させて戴いたと感謝しています。ただ一点、二回目の手術での「小腸穿孔」に付いて、ずっと気になっていました。その当時妻が引き続きお世話になる医療機関に対して、その疑問を強くぶつけることは憚られました。妻が逝って約十ヵ月が過ぎ、多少落ち着いて振り返って見て、出来る事なら明確な答を出して自身が納得しておくべきと考えご相談した次第です。何とぞ、宜しくお願い申し上げます】

【調査カード】に記入した内容

◎医療被害にあったのは……

氏名・死亡時の年齢・生年月日・続柄・記入者名・記入者生年月日・住所・電話番号・仕事の内容を先ず記入する。

・被害にあった結果、現在の状況—死亡日【平成十五年二月二十六日】・死因【癌性悪液質】・解剖の有無【無し】

・これまでの経過—医療被害を受けたと思われる医療機関の所在地・名称・診療科・主治医名・最初の受診理由【急な腹痛】・いつ【平成十一年九月十六日】

・それ以前に大きな病気にかかったり、手術を受けたりしたことが過去にあったか?

【ありました。上記受診日の直前、平成十一年七月二十三日同医療機関に入院し、胃癌と診断されて、七月二十七日に胃全摘手術を受けました。術後の経過良好として八月二十一日退院と

なりました。】
・最初の受診時、他に具合の悪いところがあったか？
【ありません】
・薬や食べ物でじんましんが出たり、ショックを起こしたりしたことがあったか？
【ありません】
・どうして、この医療機関にかかる事にしたのか？
【七月二十三日入院の時は、この医療機関は割合自宅から近い所にあり、外科の診たては良いとの一般的な評判によりかかることにした。九月十六日に緊急入院時には、上記との関連から同医療機関を選んだ】
・診てもらってどういう診断だったのか？
【診断病名・入院直後は病名不明で、後日「小腸穿孔、兼、腹膜炎」と診断書にあり】
・医師は当初、病気の内容、回復の見込についてどのように説明していたか？
【入院直後の「入院診察計画書」では、「精査後説明予定」と知らされたのみ、検査後も開腹しないとよく判らないとの説明のみで、病気の内容につき明確な説明は無かったと記憶している】
・被害を受けるに至る経過を日時の順に、なるべくくわしく書いて下さい。（いつ、どのような薬をどのように飲んだか、いつ、どのような注射をどこに射《う》たれたか、いつ、どのような手術

を受けたか、その処置を受けて体の具合はどうなったか等）
【まだ今の段階で「被害」を受けたとは言えません。別紙に示した第二段階の平成十一年九月十六日の「小腸穿孔閉鎖手術」が、先に行われた平成十一年七月二十七日の「胃摘出手術」時に起こった何らかの不手際に起因するものであると仮定すれば、「被害」は本来する必要が無かった「小腸穿孔閉鎖手術」となります。また、「小腸穿孔」が生じなかった場合、第三段階としている平成十三年十月に診断された腹腔全般への癌の転移が無かったのではないかという因果関係が明確になれば、第四段階の平成十五年二月二十六日の「死去」そのものが「被害」となります。以上の事から、「癌」発見から「死」に至った一連の「岩成順子の闘病経過」を別紙に記します。】
・問題だったと思われる手術を受けるにあたって、医師はどのように説明しましたか？　その時あなた又は本人は何を尋ねましたか？
【問題だったと思われる処置を第二段階の「小腸穿孔閉鎖手術」とします。医師の手術前の説明は「お腹を開いて見ないと判らない」というものであったと思います】
・その処置を受けることについて、あなた又は本人は承諾しましたか？
【「手術承諾書」に署名・捺印しました】
・被害に付いて、担当医又は他の医師はどのように説明していましたか？
【手術後、医師から小腸（らしきもの）に黒点が二つ開いた写真（ポラロイド？）を見せられて、

「なぜこんな孔が開いたのか？」と尋ねましたが、医師から「全く判らない。何か食べ物のせいかも知れない。不思議だ。」と返事がありました。平成十一年十月十五日付の「入院証明書」で、「初診時の所見及び経過」欄に、「入院時、レントゲン検査にて free air を認め……」と記してあるのを初めて見て、「free air」とは何かという疑問は持ちましたが、尋ねていません。

・その後、現在に至るまでの治療や身体の状態の変化について、日時の順に書いて下さい（転院があれば、そのことも）

【その後、死に至るまでの経過は、前記の「別紙」「岩成順子の闘病経過」に記した通りですから、それをご参照下さい。（ここでは省略いたします）】

・あなたは、被害発生の原因がどこにあると考えていますか？

【これは、あくまで医学的には全くの素人である私の推測ですが、「小腸穿孔」の原因は、第一段階の平成十一年七月二十七日に行われた「胃全摘手術」にあるのではないかと考えています。例えば、胃切除の際、小腸を摑み挟んでいた「鉗子」を手術終了時に置き忘れて閉腹した。あるいは「鉗子」の使い方が適切でなく小腸に傷を付けてしまい、その部分が一ヵ月余の後に孔となった。……等が推測されます。】

・そう考える理由は何ですか？

【①胃切除の手術後、僅か五十日しか経っていない。②写真で見た孔は、小腸を縦にすれば横方向に二つ綺麗に並んで開いていた。③医師が「原因は判らない。食事のせい？」と言っているのが不自然に思う。④平成十一年七月の「胃切除手術」及び平成十三年十月の「試験開腹手術」時は、術前にレントゲン写真等で説明を受け、術後・術中に私の立会を許して実情を見せて貰えたが、平成十一年九月の「小腸穿孔閉鎖手術」時は、事前説明も不十分で手術の立会いもなく、写真で術後説明を受けたのみであった。】

・あなたは次の内、何を持っていますか？

①カルテの写し、②レセプトの写し、③診断書、④死亡診断書、⑤解剖記録、⑥母子手帳、⑦診察券、⑧保険証、⑨医師からの手紙、⑩投薬証明書、⑪貰った薬または薬の袋、⑫身障者手帳、⑬愛護手帳、⑭当時の日記又はメモ、⑮当時の家計簿、⑯その他

【丸印を②レセプトの写し、④死亡診断書、⑯その他に付けて、その他として「入院証明書」「入院診察計画書」と記した。】

・あなたはこの医療被害に関して医療機関側と交渉したことがありますか？　あれば、その内容(交渉の日時、医療機関側の説明や態度)について書いて下さい。

【医療機関側とこの件に関して交渉したことはありません。】

・あなたはこの問題をどのように解決したいと考えていますか？

【亡妻本人も気にしていた「小腸穿孔」の原因、その前の「胃摘出手術」との因果関係の有無を明確にしたい。また、「小腸穿孔」が癌の転移を惹起した原因のたとえ一部でもなっていないという説明が医療機関から聞ければ幸いです。もし、万が一何らかの医療ミスがあったのな

ら、それ相応の補償金を求めたいと思います。】

・医療被害を受けたご本人の家族について記入して下さい。

【夫である私・岩成一樹と同居している私の両親及び別居の実弟について氏名・生年月日を明記した。】

・貴方のご家族は、あなたが医療被害を追及しようとすることに付いて協力的ですか？

【別居の実弟及び両親には何も説明していません。】

・これまでにこの医療被害について、弁護士や被害者でつくる会などに相談されたことがありますか？

【ありません。】

以上が「調査カード」の質問内容と回答内容であるが、添付書類として、別紙の「岩成順子の闘病記録」と共に、各段階での入院診察計画書・退院療養計画書・入院証明書・入院手術証明書・死亡診断書等のコピーを提出した。

別紙として添付した「岩成順子の闘病記録」

【第一段階】

・平成十一年六月二十三日　一般市民検診の胃検診で異常が見付かり、精密検査を勧められた。

・同年七月六日　本件の医療機関に行き、診察をお願いした。
・同年七月二十三日　入院し「胃癌」診断され、七月二十七日「胃全摘手術」を受けた。
・同年八月二十一日　退院
・その後、翌九月十六日に緊急入院する日まで、ほとんど毎日通院し、診察及び注射などの処置を受けていた。

【第二段階】

・同年九月十六日　腹痛で上記医療機関に緊急入院、同日開腹手術で小腸に穿孔が認められ「小腸穿孔閉鎖術」を受けた。
・同年十月二日　退院
・その後、十二月三十一日までの間に延三十八日間、上記医療機関に通院・加療し、抗癌剤等の薬を継続して投薬された。急激に痩せてきた。
・その後、翌平成十二年二月末頃までは上記のペースで上記の医療機関に通院・加療し、抗癌剤等の薬を継続して投薬された。食事すすまず。
・以後、平成十三年十月まで、月に二回ほど上記医療機関に通院・加療し、抗癌剤等の薬を継続して投薬された。

【第三段階】

・平成十三年十月十八日　従来からあった食後腹満感、下痢、体重減少、ゲップ等の症状に加えて腹痛が起きたので診察を受けた。

・同年十月二十二日　同医療機関に入院、胃切除後の症候群として「腸閉塞症」と診断を受けた。また、癌が腹腔部全般に転移しており、余命二～三ヵ月と告げられ、余りの急展開に驚かされた。主治医の話では八月頃から予兆が見られたとの事。

・十月二十五日　患者の手前、開腹手術を行ったが、やはり根治不能と告げられ、腸閉塞部を確認したのみの試験開腹に終わった。（本人には告げず）

・食事（栄養の経口摂取）がすすまないため、在宅経中心静脈栄養法を採用することになり、十一月七日胸部にカテーテル挿入用ポートの埋め込み手術を受けた。

・同年十一月十九日　退院。以後、自宅療養となった。

・それ以降、平成十五年二月に最後の入院をする時まで十五ヵ月間、この在宅経中心静脈栄養法（十時間／日）を継続した。食事は薄いお粥かスープのみしか口に出来ず。

・同医療機関への通院・検査・加療は平成十四年八月までは毎週（四回／月）行った。抗癌剤を出されたが、無理して飲まなくても良いと言われ、途中から飲まなくなった。

・平成十四年八月中頃の検査で、腹水が少々溜まって腹膜炎の疑いがあるが、現状では問題無いと診断された。

【第四段階】

・翌九月五日　異常に腹が膨れてきたため、初めて腹水抽出（千八百ＣＣ）を行った。腹水は平成十五年二月十三日に同医療機関に入院するまで十二回定期的に抽出した。
・平成十五年一月末頃より、本人の体力低下が著しくなり、全身の倦怠感を訴え、また、脚が腫れ起居振る舞いや歩行が困難になってきた。
・同年二月十三日　同医療機関に入院。
・入院直後の同日　初めて胸水（千六百CC）を抽出、胸膜炎の疑いを告げられた。
・同二月十六・十七日　腹水（膿《うみ》混じりミルク状）抽出
・平成十五年二月二十六日　死去

第三節　医療問題研究会との折衝

調査カードを送って一週間、平成十五年（二〇〇三）十二月二十三日、兵庫県医療問題研究会所属の内田弁護士から下記の手紙が届いた。

【先日、兵庫県医療問題研究会へ調査カードをお送り頂いております件について、研究会所属の弁護士である伊藤香織弁護士と私内田洋子が面談にてご相談させて頂くことになりました。面談での御相談の日程調整について、封書にて御連絡申し上げます。

大変勝手ではございますが、私共の予定から、平成十六年一月二十日午後一時より、という事で日程を設定させて頂きたいのですが如何でしょうか。

もしこの日はご都合が悪いようでしたら、再度他の日程を調整させて頂きます。この日程でご都合がよろしいかどうか、お電話で結構ですので、私あてに御連絡頂けますでしょうか（もし、私が事務所におりませんでしたら、事務局に御伝言頂いても結構です。）

なお、大変申し訳ございませんが、十二月二十七日より一月五日までは、年末年始にて事務所が休業しておりますので、これ以外の日に御連絡頂けましたら幸いです。

なお相談日は、伊藤香織弁護士の事務所である「六甲法律事務所」まで御来所頂きますようよろしくお願い申し上げます。六甲法律事務所の地図を同封いたします。

それでは。宜しくお願い申し上げます。】

という大変丁寧な内容であった。発送元は神戸合同法律事務所内の内田弁護士となっていた。

十二月二十五日に電話で一月二十日に打合せることを決定して、一人で出かけた。

当方の事情は既に調査カードで詳しく述べていたので、挨拶もそこそこに、伊藤弁護士より、まず、通常の場合の医療事故調査依頼の手順について説明があった。


【医療事故調査会・ご依頼の手順】

(1)《鑑定意見書》の場合
① 電話でお問い合わせを頂く
② 調査会よりＦＡＸ等で「依頼書」「費用規定」を送付
③ 依頼書にご記入頂き、調査会ＦＡＸへ送付頂く
④ 調査会より会員医師（又は非会員協力医）へ依頼、鑑定医を決定
⑤ 調査会より鑑定医決定の連絡。資料のコピーを調査会へ送付頂く

⑥　調査会より鑑定医に資料を送付
⑦　鑑定医より、作成の目処が付いたら完成予定日が報告される
⑧　主査の鑑定終了後、副査にて主査意見書を検討
⑨　主査・副査の鑑定終了後、調査会より鑑定料請求書と共に意見書を発送
⑩　郵便局へのお振込み後、調査会より領収書を送付
※　事例により主査鑑定のみとなる場合がございます。
※　資料お預かり後にお断りする場合もございますので、ご了承下さいますようお願い申し上げます。
※　鑑定用の資料は当会にて保存させて頂きますので、全てコピーでお送り下さい。尚、フィルム等コピーが難しい資料は返却させて頂いております。

⑵　《面談》の場合
①〜③は鑑定意見書と同じ
④　調査会より会員医師（又は非会員協力医）へ依頼、面談医師を決定
⑤　調査会より面談医師決定の連絡。資料のコピーを調査会へ送付頂き、面談日程を調整
⑥　面談終了後、調査会に面談時間を報告頂く
⑦　調査会より面談料請求書を送付

⑧　郵便局へお振込み後、調査会より領収書を発行

その後、「医療事故調査会・費用規定」（平成十四年十月発行）……次表（表—⑮）の通り、を説明された。

そして、今回は前記の通り「全国一斉相談」であるため、鑑定医も面談医の選定もなく、いきなり、当方の依頼に関する匿名《とくめい》の専門医の「見解書」を提示された。

医療事故調査会・費用規定表 平成14年10月（表―⑮）

1）	鑑定意見書	200,000～ 400,000円	基本料金は20万円 症例内容等による増額は10万円区切りとし、上限は40万円 鑑定料は20,30,40万円の3通り ※　再鑑定も同様
2）	追加意見書（※）	100,000円	（※）詳しくは「ご依頼に関するお願いをご参照下さい。
3）	証人尋問出廷	1回出廷 150,000円	2回目以降は1回出廷10万円 交通費・宿泊費は別途
4）	面　談	新規依頼 1回　50,000～ 100,000円 （面談後に鑑定意見書作成にすすむ場合は5万円）	継続の場合・・・1回　25,000円 新規案件で事前に協力医の資料検討がない場合・・・1回　25,000円

＜費用のご請求について＞

上記調査料は、「1）、2）…完成書面提出時」「3）、4）…終了のご報告後」に調査会より請求書を発行し、振込用紙と共にお送り致しますので、請求書到着後郵便局へのお振込みをお願い致します。

＜依頼取消料について＞

ご依頼者の事情で依頼を御取り消しになられた場合は、依頼の進行度にあわせて依頼取消料を請求させて頂く場合がございますので予めご了承下さい。

第四節　医師の見解書

七月二十四日に胃の全摘手術。退院後の九月十六日の突然の腹痛、結果は、小腸穿孔で開腹して閉鎖術を受けた。その後、腹腔内全体への癌の転移が生じたというケースで、

① 小腸穿孔が、胃の摘出術と関係があるのではないか、まず、文献から

【消化管穿孔は、食道から直腸まで消化管の全長にわたり発生するが、部位により原因、病態は異なっている。食道は激しい嘔吐により特発性食道破裂をきたす。胃十二指腸では消化性潰瘍による事が多く、小腸では絞扼性イレウスや腫瘍による閉塞が原因となる。大腸では急性虫垂炎、憩室炎、癌による閉塞などにより穿孔をきたす。また、外傷による穿孔はすべての消化管で起こりうるが、特に小腸に多い】

当時の担当医師は「穴が開いた理由はまったくわからない。何か食べ物のせいかも知れない」と

しか言わなかったとのこと。手術後二ヵ月経っているので、直接的な因果関係は薄いように思われます。手術操作によるものであれば、術後直後、少なくとも一週間以内に症状が出現するはずです。脾臓の遅延性破裂は一ヵ月のこともあると説明しましたが、消化管の場合には穴が開き次第症状が出ますので、非常に考えにくい（たまたま穴が大網で覆われて、突然、破裂と言うことも、文献で調べれば出てくるかもしれない）。

しかし、手術による侵襲で間接的に穿孔が引き起こされる可能性はあります。手術侵襲でイレウスが起こしやすくなり、消化管運動の不調、腹膜内の炎症変化により穿孔も生じやすくなります。また、穿孔部を病理検査すれば分かりますが、そこ、あるいはその周囲に癌が転移している可能性もあります。

【結論】手術の物理的な直接侵襲による穿孔とは考えにくい。しかし、手術操作が間接的に確率を高めたことは否定できない。また、癌（病疾患）もその確率を高めた可能性がある。穿孔部が壊死するなどしていて、その領域の組織を採取して病理学的検査をしていれば、ある程度の情報が得られただろう。

② また、腹腔への転移は穿孔と関係があるのではないか。

まず、転移が原因で穿孔する可能性があります。さて、転移が確実に後だとして穿孔との関係（つまり、たとえば、魚の骨がささって魚の骨で穴が開く事はほとんど無いのですが、外因の例として）

穴があいて転移が誘発するかどうかとなると、これも玉虫色の結論です。つまり、孔が開いたことによる炎症によって転移が促進されることは考えにくい。むしろ炎症が起こるとガン細胞も一緒にたたく（一種の丸山ワクチン）ので、局所的には転移を抑制することすら考えられますが、穿孔やその手術は体全体にとって負担になります。つまり、全身的な免疫力が著しく低下します。そのために、ガン細胞が爆発的に増殖する可能性があります。

【結論】穿孔が直接的に転移を促進することは考えにくい。しかし、穿孔およびその手術による全身状態の低下により癌が急速に増殖し始め、結果として転移を著しく促進したことは考えられる。

③　レントゲン上でみられる free air とは

まず言葉の使い方から。来院時より、あるいは急速輸液により循環動態が安定している場合には、次のステップとして腹部造影CT検査を行い、終了直後に腹部単純撮影を追加して腎盂尿管造影検査を行う。CTでは腹腔内・後腹膜における free air の有無、実質臓器に創傷部位・程度をチェックし、腹部理学所見・超音波検査の結果と合わせ、保存的に経過観察を行うか緊急開腹するかを判断する。筋性防御が明らか、またはCTで腹腔内や後腹膜腔に free air が確認されれば、管腔臓器損傷に対して緊急開腹術を行う。ただし、管腔臓器の損傷は free air が認められなくても否定はできないので、腹膜刺激症状の判定に迷う場合や、頭部外傷・頸髄損傷の合併で腹部理学所見は正確に取れない場合には、fluid 貯留があれば超音波ガイド下に腹腔穿刺（diagnostic peritoneal tap）を、穿刺可能なfluid 貯留がなければ腹腔洗浄（diagnostic peritoneal lavage）を行って腸管破裂の有無を診断する。また、診断が困難な十二指腸後腹膜破裂や主膵管損傷をこの時点で念頭におき、腹部理学所見、CT所見、腹水中・血清アミラーゼ値などから疑いがあれば逆行性膵管造影・十二指腸造影の施工を考慮する。

重篤な出血性ショックおよび外傷性腹膜炎の病態が一応否定されれば、厳重に循環動態を監視しながら、ベッドサイドで腹部理学所見および腹部超音波検査所見に変化がないか頻回に確認する。筋性防御の出現や循環動態の不安定化は開腹術の適応である。純化動態が安定していても、腹腔内出血量が増加する場合、血圧維持・尿量確保に多量の輸血・輸液を必要とする場合、また輸血量に見合ったHt値の上昇がみられない場合には、出血が持続していると判断して、止血処置を講じなければならない。CTでの損傷形態から臓器温存が期待できる場合には、血管造影後に塞栓術によって止血を行う事もある。

消化管の中は正常でも空気があります。そこから漏れだして腹腔内にできた空気のことをfree air と言います。消化管に穴が開いたことを言います。腹腔（おなかの中になる空間で、腹腔透析に使われる）の空気は、沈没した船のなかの空気のように自由に移動できるので、free air となります。皮膚の下や縦隔にも空気がたまることがあります。皮膚の下（例えばガス壊疽《えそ》）や縦隔（食道穿孔）の空気は結合組織内の空気なので、free ではないので皮下気腫とか縦隔気腫といいます。

という、かなり専門用語を用いた文面で、さらりと一読しただけでは理解が難しい見解書であった。

第五節　証拠保全

その時、医療事故訴訟に直接関連した「証拠保全のはなし」と題した医療事故センター発行（一九九四年九月）の小冊子を手渡された。その内容詳細は、本件に直接関連する重要なものであるため、敢えて省略せず、そのまま以下に転記する。

【証拠保全のはなし】

① カルテの重要性

医療過誤訴訟の場合には、カルテ（診療録）・レントゲン写真・看護記録等診療上作成された資料が裁判で大変重要な証拠となります。カルテや看護記録から症状（病気）の経過、医師の行った処置の内容（行われた検査、使用された薬等）等診療の全経緯がわかり、医師のミス（落ち度）等が明らかになることもあるからです。

一般に民事事件の場合は、依頼者（相談に来られた方）は借用証書や領収書等の証拠資料を持っている事が多いのですが、医療過誤事件の場合には依頼者はほとんど証拠資料を持っておりません。ことに手術のように密室の中での出来事について患者は何もわかりません。しかし手術室の中の出来事でも、手術記録や麻酔記録を調べることにより詳しく状況を知ることが出来る事があります。

この様に大切なカルテ等ですが、患者が求めても医師はカルテ等を任意に見せてはくれませんし、気軽にカルテの写しを下さいと言える雰囲気はありません。ですから、患者側がカルテの写しを要求したりすれば、医師側は既にその事で争いが生じるのではないかと感じ身を守ろうとしてしまうのです。

② 証拠保全手続の重要性

医療過誤裁判を起こしても既にカルテ等の証拠がなくなってしまっていては医療ミスを証明する事は大変困難になります。そこで訴えを起こす前に証拠を確保しておく必要があります。ところで皆さんの診療を記録したカルテやレントゲン写真等は何時までも保存されているわけではありません。カルテは医師法によって保存期間が五年と定められています。この様に法律によってその保存期間が定められているものもありますが、全く定めのないものもあります。ですから廃棄されたり紛失したりされる前に確保しておかなければなりません。また、本来あってはならない事ですが、医師といえども人間であり、自己の責任を免れようとしてカルテ等を自己の有利なように書き換えてしまう事があるのです。

カルテ等の資料はありのままの姿・内容でこそ証拠としての価値を持つものですから、これらが廃棄・紛失されたり書き換えられたりする事のないように証拠を確保しておく必要があります。証拠を確保しておくための裁判上の手続を「証拠保全」といいます。（重要な証人が癌末期患者であったり、間もなく海外に赴任してしまって帰って来ないという事もあるでしょう。そのような時にはその人の証言を直ぐに記録しておく必要があります。この様な時にも証拠保全手続きが役立っています。）

証拠保全によってカルテ等のコピーが入手できたならば、それらを検討し、診療の経過や医師のミスを調査する事に役立つことは言うまでもありません。証拠保全手続は、将来訴訟を起こす予定をして行いますが、証拠保全をしたからといって必ずしも訴訟を起こす必要はありません。その意味では実質的に見れば証拠保全には調査の手段としての側面があると言ってよいと思います。

③　証拠保全の手続

担当弁護士は、依頼者から診察に関する経過について詳しく話を聞いた上で陳述書の下書きを作り、その内容を確認して頂いてから署名・押印をしてもらい、それを裁判所に証拠保全の申立書その他の必要書類と共に提出して証拠保全の申立をします。

証拠保全の申立について裁判所は通常、その申立を認めて証拠保全決定を出しますが、ごく稀には却下される事もあります。その時には申立人側では抗告という不服申立の方法があります。

裁判所は証拠保全（具体的には「検証」という手続で行なわれます）の日時を決めて証拠保全の決定をします。証拠保全（検証）の当日、執行官はその決定正本を相手医師・医療機関に届けます。これを「執行官送達」といいます。尚この他に郵便の方法で送達する「特別送達」という方法が用いられる事もありますが、証拠保全では稀です。改ざんを防止するためには執行官送達の方が優れています。

この「送達」手続終了後（通常では一〜二時間のうちに）証拠保全の手続のため、裁判所側から裁判官と書記官、それに中立人代理人である弁護士が写真担当者を伴って（通常は平日の午後一時半から）相手方の医療機関を訪れます。そして相手方医師・医療機関に対し当該患者さんのカルテやレントゲン写真、その他診療上作成された資料の提出を求め、それらを写真に撮ったりコピーしたりします。地方によってはその場でコピー等をとらずカルテ等を任意に借り出してきて裁判所でコピーを取る所もあります。尚その場でコピーをとった時には直ちに原本と比較対照して、うまくコピーされているかどうかをチェックする事ができます。

脳波や心電図のデータシートが膨大な量の場合は、脳波や心電図を解読した人の回答書だけをコピーしておくという事もあります。いずれにしても診療の過失に関わる重要な部分を見逃す事のない様、限られた時間の中で臨機応変に作業を進めなければなりません。又古いカルテなのにホチキスが新しいとかインクの色が新しい時には注意を要します。書いた文字が消してある時も注意が必要です。もし、改ざんの疑いがあった場合は、その部分の拡大写真を撮ると共に担当医師の説明を求め、その内容を調書に取ってもらいます。

この様に証拠保全の当日、申立人代理人の弁護士はあれこれ神経を使いながら限られた時間（通常は二時間乃至三時間）の内に手続きが全て完了するよう努力しています。そして、これら証拠保全手続により入手した資料（コピー）は示談交渉や裁判をする際に重要な役割を果たす事になります。

④　証拠保全の後の調査

証拠保全手続で医師側が持っているカルテ等の資料のコピーを入手したならば、その内容を詳しく検討する必要がありますが、カルテが英語で書かれている事が多いので、その様な時にはまず翻訳する必要があります。医学文献を調べたり協力して下さる専門家の助言を得ながら、その症例について医師らが行った診療内容に問題がなかったかどうかを検討します。事案にもよりますが、通常この調査・研究に三ヵ月程度を要します。

調査の結果医師に過失がなかったような場合には、依頼者の意向を受けて示談の申し入れをする事になります。（この場合には、新たに示談の申し入れについての委任状を弁護士に提出して頂く事になります。）

⑤　証拠保全についての弁護士費用

証拠保全を行う為には、証拠保全の申立書等の必要書類を作成し裁判所に提出します。そして、証拠保全の日に医療機関に出向いてカルテ等の検証を行います。さらに証拠保全で得た資料を基に調査・研究して見通しを立てます。ここまでの一連の手続を行う弁護士の手数料として、東京では通常三十万円前後の負担をして頂いています。この点については、地域により多少異なりますので、弁護士費用については、納得のいくまで具体的に説明をしてもらって下さい。この他に「執行官送達」のために必要な費用とかコピー代とか写真屋さんへの支払い、交通費等の実費等は別途支払って頂きます。さらにカルテの翻訳を依頼した場合や協力医に助言を受けた場合の謝礼金等の費用も必用になります。一般には実費分として五万円を受け取り、手続終了時に清算するやり方をしています。(但し、資料が膨大で写真代等が多くかかり、十万円以上に実費がかかる事もあります。その時には追加してご請求申し上げます。)これらの費用は、証拠保全申立の委任状を作成する際には支払って頂いております。尚、お金の準備が出来ない方については分割支払等相談に応じますので率直にお申し出下さい。

証拠保全をして入手した資料を検討した結果、医師側には落ち度が認められない時には示談交渉とか訴訟に進む事はありません。この時は、証拠保全及び調査・検討をしただけで終了となります。そして弁護士に支払った費用及びかかった実費は戻ってきません。一見無駄なお金を使ってしまったように思われるかも知れませんが、調査・検討が出来たわけですから決して無駄とは考えないで下さい。尚、証拠保全手続きで入手したカルテ等のコピーは、依頼者である貴方のものですから代理人である弁護士から受取る事ができます。

⑥　証拠保全を依頼する時に準備すべきもの

証拠保全を依頼される時には事案にもよりますが、通常次のようなものを持参して頂く必要があります。

・戸籍謄本
・診察券とか母子手帳
・身障者手帳
・診断書・死亡診断書
・印鑑（必ずしも実印でなくてもよい）

さらにその医療機関の設置主体や正式名称がわかれば、わかる範囲でお知らせ下さい。又担当医の氏名、休診日、診療時間を調べて頂き、その医療機関までの地図も用意されると助かります。

⑦　弁護士とのつき合い方

担当弁護士（受任弁護士）は証拠保全について口頭で詳しく説明しますが、このパンフレットはその説明内容を読み返して確認して頂くためのものであります。わからない事はどうぞ遠慮なく担当の弁護士にお尋ね下さい。費用等についても遠慮なくご相談下さい。

以上が「証拠保全」に関するパンフレットの内容であるが、最後にパンフレットの著者のコメントが付いている。

【医者と患者の関係と同様に、弁護士と依頼者の関係でもインフォームド・コンセントは重要です。このパンフレットは医療過誤の相談に来られた方のために、証拠保全について解りやすく解説したものです。証拠保全の必要性等については、相談を担当された弁護士から詳しく説明されるとは思われますが、依頼者の側からすれば参考になるパンフレットがあればより理解しやすいと思われます。証拠保全の説明の補助手段としてこのパンフレットをお役に立てて下さると幸いです。】

第六節　医療事故訴訟を断念

面談時、伊藤弁護士より、参考までと言いながら大阪のNPO法人「ささえあい医療人権センターCOML(Consumer Organization for Medicine & Law)」が一九九七年七月改訂発行した【コーディネート業務のお知らせ】という紙片を提示された。内容はカルテの翻訳料やレントゲン写真のコピー代及び協力医との症例検討会でのコメント料金を表示したもので、下記のような内容であった。

【ささえあい医療人権センターCOMLでは、弁護士の皆さまのご依頼により、下記の通りコーディネート業務をおこなっております。ご依頼いただく際の目安にして頂ければ幸いです。なお、別途ご案内のように「協賛・支援グループ」会員へのご登録によるCOMLへの御支援もお願いいたしております。ただし、医療訴訟の事件数が弁護士さんによって異なることを考えまして、非会員の方からのご依頼もお受けいたしております。その場合、別途金額をご請求申し上げますので、ご理解のほどお願い申し上げます。

なお、依頼者の経済状態によって下記の価格のお支払が困難な場合は、ご相談に応じます。また、

価格表はあくまでも目安ですので、ご請求に多少の幅がありますことをご了承下さいませ。】

（カルテの翻訳）

★受付時、非会員のみ調査協力費：五千円

・カルテ一〜二枚・翻訳単語少：五千円

・カルテ三〇枚以内・翻訳単語少：一万五千円〜二万円

・カルテ三〇枚以内・翻訳単語多：三万円

・カルテ多・翻訳困難：五万円以上

★なお、時間的余裕を頂いての英文翻訳もお受けしております。

（協力医との症例検討会・コメント）

★受付時、調査協力費として会員：五千円

非会員：一万円

・質問に対するコメント及び検討：三万円〜五万円

・検討の結果、協力医による意見書の提出：七万円

・家族同伴による検討の場合：別途一万円

★症例検討会には、ＣＯＭＬの立場からスタッフが同席させて頂いております。

★協力医との検討会やコメントの内容に関して再度のお問い合わせも、コーディネートいたしております。

★これまでに協力医の出廷による証言を依頼した際に、協力医の交通旅費・日当・代診料などの実費は別途請求させて頂きました。

（レントゲン写真のコピー）

一枚につき、会員：二千円、非会員：二千五百円

・技師への謝礼・フィルム代含む、受付より約一週間でコピー

伊藤弁護士に対して、これらの資料を持ち帰り、特に【医師の見解】を熟読して返事すると答えて別れた。

一樹は、約一週間、自宅で提示された資料を眺め、「医師の見解」を何度か読み返した結果、一月二十六日、担当の内田弁護士に電話で順子の「小腸穿孔」に関する疑問を病院側に投げ掛ける事を断念する旨伝えて、了承された。

その理由は、正式な訴訟を行うについての手間や費用が問題ではなかった。医師の見解で結論として「手術の物理的な直接侵襲による穿孔とは考えにくい」という言葉を全面的に信じた訳でもない。その事象から余りにも時間が経ち過ぎ、前記で入手した資料にある重要な「証拠保全」の面から見て、死亡から約一年が経過していること、その「穿孔」病症発生は三年余も以前である事を考えれば絶望的にならざるを得なかった。また、今回の訴訟への挑戦を振り返って、例え時間的なず

れが無くても、改めて患者側が医療事故の訴訟を起こすことは非常に困難である事を実感した。

患者の予期せぬ死亡を対象として平成二十七年（二〇一五）十月から開始された「医療事故調査制度」で、開始から四年の間に医療機関から調査が必要として報告のあった事案は一五〇〇件だったと発表した。制度開始前は年間二〇〇〇件を見込んでいたが、毎年平均三〇〇件程度と低調に推移した。制度は、全国約十八万ヵ所の医療機関や助産所などに、診療や治療に関連した予期せぬ死亡や死産について、機構への報告や院内調査、遺族への調査結果の説明を義務化している。ただし、調査を実施するかどうかの判断は医療機関側に委ねられている。改めて患者側から医療事故を具現化することの困難さを一樹は強く感じた。

第七章　殯（かりもがり）

「殯《かりもがり》」とは、本葬まで貴人の遺体を棺に納め仮に安置して祀ること。喪の一種とみられ、その建物を殯宮《もがりのみや》という。古代皇室の葬送儀礼では、陵ができるまで続けられ、その間、高官たちが次々に遺体に向って誄《しのびごと》をたてまつった。「誄」とは死者の生前の功徳をたたえて哀悼の意を述べる言葉である。この「殯」は現在の「通夜」の原形とも言われている。

一樹は妻順子の死に直面して、先ず近親者のみで通夜・密葬を執り行った。神戸鵯《ひよどり》斎場では、火葬炉に棺を滑り込ます時、一樹は威儀を正して正面に立ち、心の中で「順子さん、長い間本当にお世話になりました。有難う！」と呟き、左手を軽く挙げて「さようなら！」と声を出して挨拶した。

そして、一月後の三月二十三日、地区の公民館で、約二百人の友人、親戚、故人ゆかりの人々、地区の方々にお集り頂いた式場で、本葬を執り行った。本葬ではご参集の方々に向って、喪主一樹と母ヒサ及び妹の愛子の三人が立ち上がり、一樹が順子の生前の様子を中心にお話して、ご挨拶申し上げた。

普通であれば、これで故人とのお別れが済む筈であるが、一樹にとってそれで文字通り「さようなら」には出来なかった。葬儀の直後、まず、順子の遺産相続問題が向こうからやって来た。子供が無いため、順子の実弟から提起された法定通りの相続問題であった。死の床で順子は、父の遺産相続時の経緯から考えて、弟から要求されることは有り得ないと言っていたが、現実には家庭裁判所に持ち込む様な騒動になった。何とか半年余り時間を掛けて「調停」を終えることができた。次に、順子の病気に関する医療事故疑惑問題が解決を待っていた。問題とは二回目の開腹手術が必要になった「小腸の穿孔閉鎖手術」の原因の「穿孔」が医療事故ではないか、という疑念であった。本当はこちらを先に解決したかったが、病気療養中はその病院相手に問題提起することはとても出来ずにいたし、また、遺産の問題が先になってしまい直ぐには手が付けられなかった。関連資料を作成して弁護士事務所で相談し、結局、問題提起の時期が遅過ぎたため医療機関側のカルテ等の証拠保全の時期をも逸してしまっていることから、疑念は残るものの訴訟を断念せざるを得なかった。しかし、これはこれで弁護士を通じて医療の専門家の意見を得る事ができ、一樹も一定の理解が出来たため、亡き順子への報告を書面でまとめられた意義は大きい。さらには順子が亡くなって約五年、百二歳までの長寿を全うして父保治が永眠したが、遺品整理の中で順子の給与明細書一式が物置のアルミ缶から発見された。内容は本文で表示した通りであるが、その金額を一樹の給与と比べて見て改めてその多さに驚かされた。既に述べたように、彼女の給料はその都度、一樹に明細金額を見せていたが、一瞥しただけで、そのまま明細表と共に現金は父保治に手渡されていた。この本で給与表を作成し一樹の給与と直接比較検討してその額が実感できた。順子の給与を改めて評価できるようになったのはつい先頃であった。

厳格な祖母トメのもとに嫁いだ母ヨシノは、全ての面でトメの言いなりで、口ごたえは一切許されずに過ごしてきた。順子本人は祖母に可愛がられながらそんな母を見て育った。その母が一人息子の嫁に暴力を振るわれて喧嘩別れとなり、その上幼い孫二人を一時的とは言え強引に押し付けられ、自転車に乗せて移動してまで子守し面倒を見ていた。その母が自転車で買物中、無残にも交通事故で亡くなっている。以後、父の怒りは収まらず実弟夫婦は父に背を向けて家を出てしまった。一人残された老いた父義康は病気になり、離れている順子が騙され怪しい祈禱師の勧めで買わされた祭壇に向って秘かに行ったお祈りも空しく、孤独死同然で亡くなった。嘆き悲しむ順子に閑を与えず、間に入って抵抗した一樹の働きも甲斐なく、父の遺産を殆どそっくり実弟義弘に奪われた順子であった。

嫁いだ岩成家では、結婚時の条件とは言え何かと口喧しい義母ヒサといつも気難しい義父保治と同居し、結婚直後から断続的に非正規雇用で働いたが、子供が出来ないことに見切りを付け、自ら進んで保母の資格を得て、芥川市の職員として保育園で十五年間保母を勤めた。その間に得た給与はそっくり義父保治に召し上げられ、そこから僅かの小遣いを得ていた。夫一樹は、いつも仕事で忙しく日本各地に出張して家にいることが少なかった。また、母の希望に副って無理買いした自宅からの長距離通勤が困難になり、併せて一年間程は会社の独身寮や単身寮に滞在して家に居なかった時もある。その上、アフリカ・リビアに二回の単身赴任と出張で併せて三年半もの間、家を留守にした。従って通常、家では何時も義父母と順子の三人暮らしであった。その上、いつの間にか不治の病「胃癌」に侵されていた。最初の手術以後、満足に食事も出来ず本当に苦しい闘病生活を送った。晩年の三年八ヵ月は手術と入退院、療養の連続であった。

これらのことを振り返れば、順子の生涯は決して幸福だったとは言えない。亡くなる数日前、目を閉じた状態でうわ言のように順子は「私は、この世に何を残しただろう」と呟いた。病床の脇に、たった一人で控えていた一樹の耳にははっきり聞こえた。そして死の直前、目を開けて一樹をしっかり見て「あなたと一緒になって本当に幸せだった」と最期の挨拶をした。以来、ずっと彼女の「幸せ感」に付いて考え続けてきた。思い出すと新婚時代僅か三ヵ月ほどであったが、一樹の出張に帯同して新潟県津川町の一軒家を借りて生活し、毎日一樹を送り迎えしたことは、二人だけの暮らしを味わった最初で最後の楽しい体験であったに違いない。その後、お互い忙しい中でも暇を見付けて共通の趣味である旅行にはこまめに出掛けた。一樹の友人連中が羨むほどの頻度であった。もちろんお互いの都合が合う時に急に出掛けるため、一般的なツアーに参加することはなく、個人的に宿の予約を入れ、切符の手配を行う一～二泊の小旅行であった。宿もかんぽの宿、国民宿舎、会社の保養所等経済的で負担の少ない所が多かった。海外旅行は韓国と香港の二回だけであった。これらの旅行はすべて二人だけの旅、順子はいつも本当に嬉しそうであった。発病してからの三年余の間にも、順子の体調を見計らって極力旅に出掛けた。それは城崎温泉、湯郷温泉、有馬温泉、嬉野温泉、滋賀県朽木、淡路島等の近郷が主であった。京都の平安神宮で行われた珊瑚婚の記念式典に出席者代表で参列したことは順子にとって最後の晴れ舞台であったに違いない。順子はその時期、一樹の手前、いつも故意に元気な様子を見せてはいたが、食事は美味しそうに食べるものの、直後にトイレに席を立ち吐き出している気配が見られた。それでも小旅行を心より楽しんでいた。最後の二年余りは一樹が自ら非常勤勤務に変り、常に順子に寄り添っていたので、いつも一樹が傍にいるだけで満足していたようである。もちろん、一樹の知らない十五年間の保育園勤務、数多くの幼い園児達を育てて、いつも「順子先生！」と慕われて過ごした筈であるが、これらの楽しい思い出だけが死の床で頭をよぎり「幸せだった」という言葉になったのかも知れない。また、順子が三十数年間、子供が出来ないことを思い悩んでいたのであれば、母ヒサが「嫁して三年、子なきは去れ」と言った時に、キッパリ別れていれば、その後の彼女の人生は、ガラリと変わった幸多いものに成っていたかも知れない、と全く埒もない想像が頭を過《よぎ》ったこともある。

順子は、もとより「貴人」ではない。しかし、一樹にとって殯《かりもがり》的なことを済ませていない本葬は有り得なかった。長い間、それらの資料が手元に有りながら、その課題の重さになかなか手が付けられなかった。特に死の床の様子を改めて文字に置き直すことに躊躇して、この部分は最後まで原稿が捗らなかった。漸くまとめたこの本により、順子に対する遺産相続と医療事故問題の事後報告が出来たし、奇しくも発見された順子の全給与明細からその額を改めて正当に評価することも出来た。さらに、その他の行動詳細を記して心の底からの労《ねぎら》いを表明する事も出来たと考える。これらは順子がこの世に残した紛《まぎ》れもない鮮やかな軌跡であり、一樹にとって、先に記した「誄《しのびごと》」に匹敵するのではないかと思う。

「女は三界に家なし」という古い言葉がある。女は、若い時は親に従い、嫁いで夫に従い、老いては子に従わなければならない。この広い世界で女が安住できる所はない。という意味らしいが、順子は、結婚以来三十七年間、岩成家で一樹と生活するという定められた役割を立派に果たして、今は、あの日枕辺に迎えに来た澤井家の両親や祖母などの家族と一緒に、天上の澤井家に戻り、豊かに安穏に過ごしているに違いない。この本を世に送り出すことによって、順子に対して正面から「本当に有難うございました。安らかにお眠り下さい。さようなら！」と、没後十七年経った今こそ、一樹は心の底からの別れを告げられると思っている。

ここでは、岩成一樹が体験した遺産相続問題や医療事故問題、そして胃癌医療・療養の経過内容などを、ありのまま忌憚なく記しているが、ほんの一部でも読者のご参考になれば幸いと考えている。

著者　あとがき

表題から「殯（かりもがり）」と重苦しいこの本、内容は主人公・一樹の亡き妻への哀悼の辞であり、本人の罪悪感の表明もしている。妻を亡くして十七年、未だにその感は拭い切れない。しかし、この本を公にする事で彼の視界が晴れるように感じる。

本文から察し出来るように、妻を亡くした直後の彼は、恐らく途方に暮れ、路頭に迷った感じでいた事であろう。臨終の場に立ち会ったのはたった一人、彼だけであった。子供はなく、順子の老いた両親と離反して久しい義弟夫婦もその場にいなかった。遺体の移送、通夜・密葬の段取り、本葬儀の準備、関係先への通知、葬儀社、お寺さん、弔問者への対応等々、全て彼一人でやらなければならなかった。そのためか、本葬儀後の直会《なおらい》の準備は彼の頭からスッポリ抜け落ちていた。周囲の誰も忠告して呉れなかった。会館での本葬儀の後で、彼の自宅に移り集まった親戚縁者や友人達は、妹愛子の家族は式場からサッサと帰っていたので、お茶の接待さえする者のいない葬儀に気が抜けたことであろう。その後は、満八十五歳になった母ヒサが止む無く主婦の座に戻ったが、歳のせいもありままならず、介護保険を使って雇った家政婦は、誰に交代しても気に入らず、食料など宅配品の注文は間違いだらけという有様で、一樹も日々の買物はもちろん、台所に立って調理をする主婦的な役目も担って、残された親子三人が何とか過ごして、その生活が限界に達した。

ここで、前記したように、一樹が順子と結婚した同じ年の三月に、一足早く結婚した二歳年下の愛子という妹が、比較的近い京都府下に住んでいるのに、何の助けもしなかったのかと疑問が出る筈である。愛子夫婦はその時、二人いる子供とその家族はそれぞれ独立して別居し、一樹と同い年の夫・雅夫と二人で京都府下の家で退職後の気楽な年金生活を送っていた。世間一般の常識として、老親は息子の家族と同居するより娘の家族と一緒にいる方がうまくいくように言われている。しかし、愛子夫婦の場合は事情があり、それはとうてい不可能であった。

事情と言うのは……、一樹の妹・愛子は高校を卒業後地元の本の出版・販売会社に就職した。販売店は京都市内の繁華街にあり、入社直後から店頭に立ち一般書を販売するのが仕事であった。間もなく、同じ販売店で主として市内の大学・学校関係に専門書などの本の納入を営業する社員・甲斐雅夫（後の夫）と仲が良くなり、交際を始めたようである。何年か交際し、親に初めて結婚相手として紹介したが、親、特に母親のヒサは強硬に反対した。高校卒の一営業マンというのが母には全く気に入らなかったようだ。五年余り交際を続けて気持ちの変わらない愛子が満二十四歳になった時、母はしぶしぶ結婚を許した。

一樹は、妹のこの結婚に賛成でも反対でもなく本人が選んだ相手であれば良いのではないかと当初は考えて、ごく自然に義弟として接するつもりでいた。しかし雅夫は違った。話しかけても殆んど何も話さないのである。せいぜい「あー」とか「うー」としか答えない。全く会話が成り立たない。愛子によると、会社では有能で客の評判も良い営業マンとして認められていると聞いていたにも拘わらず、そんな調子である。岩成家に家族一同が訪れた際、孫たちの手前もあり、母ヒサが「パパ、パパ」と雅夫に呼びかけていろんな話を持ちかけても、相槌はいつも「あー、うー」である。おそらく父保治はこの娘婿とただの一言も会話したことはないのではないか。お互いの家が遠い時は盆と正月など年二～三回、近い時は頻繁に岩成家に家族共々訪ねて来るのであるが、一樹は挨拶をまともに受けた記憶はない。顔を見ても、たいてい首を僅かに縦に振るだけで、帰る時も同じであった。母や順子が作ったもてなしの料理や酒を何も言わず当然のように飲み食いし、あとは居間で勝手に好きな野球やゴルフのテレビ番組をかけ、ソファーでだらしなく寛いでいるだけで、一樹や父母にも無言でいるという、子供でもしないようなこの上ない「無礼」な態度を生涯貫き通した。愛子との結婚前に母ヒサから受けた強硬な拒絶反応に生涯を通じて抵抗する態度を意識的に示す決心をしていたように見受けられる。母ヒサも生涯この結婚を悔やみ恨んで、表面はともかく、心中では最後まで許していなかった。ざっと、そんな事情があったのである。その側杖《そばづえ》を食ったのが一樹である。雅夫は一樹も義母と同じ考えと勝手に推し測っていたようであった。そんな態度を改めるよう、雅夫の傍に居てたしなめない愛子の不誠実さを責めたいし、この五十年以上の不愉快な親戚付合いにほとほと愛想が尽きていた。その雅夫は、つい先頃十年来の持病が悪化し、満八十一歳で身罷《まか》った。その生涯で岩成家の父母や一樹から家族が受けた計り知れない恩恵に対して、遂に最後まで一言の謝意も残さなかったようだ。

順子の死の直後、一樹自身は一人でどこかに転居し、神戸・須磨の自宅を妹夫婦に明け渡し、今さら他所には動けない老親と同居させる考えも頭に浮かんだが、有り得ないことと打ち消していた。一樹達三人の生活が限界に達していた時、愛子は、母ヒサが、もう身が持たない、この現状を何とかせよと言っていると、自ら何の提案もなく一樹に伝えた。これは愛子本人が老親の扶養に何ら責務はないと思っている事を如実に表していた。その後、父保治を見送った後の話になるが、平成二十三年（二〇一一）の三月、母ヒサが足を悪くして歩けなくなったのを契機に市内の老人保養施設に入居させた。その年の九月、これで家を留守に出来ると判断してクルーズ船での旅行を申込み、地中海上を航行している船上で朝食を採っていた時、愛子から国際電話が入り、母が急病で入院が必要になったが、どうすれば良いかと狼狽《うろた》えて問い合せて来た。その程度のこと、傍にいる雅夫と相談して手続すれば済むこと。海外の船上にいる一樹に何が出来るのかと逆に質問したかった。自分の親を介護することを娘夫婦として他人事のようにしか扱えないのかと情けない思いに駆られた。以前、一樹がリビアにいて、何となく家族の異変を察知した時、現地から自宅に電話を入れて訊ねたが、妻順子は、何も無いと答えて、義母の事故死を一樹に知らせなかった事と対比し、より一層その念を強くした。

そんな状態が続いた一年半後、ある人より紹介があった話が一樹にとって奇跡的な良縁となり、京子と再婚できた。同時に京子の娘・美香を養女として迎え入れた。京子は結婚してから、老いてもまだまだ元気で口も手も出す義父母の振舞いに戸惑った時期もあったが、いつも一歩下がって巧く付合い、四年後に義父保治を、そして十二年後に義母ヒサを見送った。今は一樹と二人で、脚が悪くなり車椅子姿のままで老人施設から戻った義母ヒサを、以後、自宅で介護する目的で転居した神戸・御影の広い家で気ままに過ごしている。養女の美香は結婚して東京に住み、先頃、元気な男の子を出産した。今では、年老いた一樹にとっての初孫である。

最近、世間は高齢化の波に伴って、高齢になってから伴侶と死別して一人暮らしとなる人が増え続けている。身近な人を亡くして悲嘆に暮れる人が、その悲しみから立ち直れるよう傍にいて支援するグリーフ・ケア（悲嘆ケア・grief care）という取組みが、日本グリーフ専門士協会という社団法人も発足して、世間に活動が拡がりつつある。一樹も妻を亡くした直後は、心の頼りにしていた友人の裏切りにも会い、妹愛子も全く頼りにならず、まさに四面楚歌のグリーフ状態であった。絶妙の時期に京子と出会い、以来現在まで、あらゆる面でケアされ続けているとも言える。子供がない岩成家は、一樹を最後にして断絶の瀬戸際にあったが、現在は切り株から蘖《ひこばえ》が出た段階で、岩成家は無くなるものの、将来、それが、この初孫の男の子を通して大きな別の木となる「萌芽更新《ほうがこうしん》」の明るい見通しが出てきた。これも、亡き妻順子の陰ながらの心ある導きかも知れない。

この本の内容と構成上、止むを得ず部分的に重複した記述があることを、お断りする。

最後に、この出版に際して、株式会社鳥影社・本社編集室の北澤晋一郎氏、丸山修身氏から懇切丁寧な助言・指摘・指導をいただいた事を付記し、心から感謝の意を表します。また、デザイナーの吉田格氏から著者の意を汲んだカバーの意匠をご提案頂き、本当に有難うございました。御礼申し上げます。

石津　一成

【参考文献】

①「人生の最終段階における医療に関する　意識調査報告書」
終末医療に関する意識調査等検討会　平成二十六年三月　厚生労働省

②石津一成『母に牽かれた住まいの遍歴』　平成三十年六月　鳥影社

③石津一成『リビア、はるかなり』　平成三十年十二月　鳥影社

④石津一成『生涯収入・五億円！』　令和元年十一月　鳥影社

⑤「遺産分割審判・調停申立書」　の様式　裁判所ホームページ
(https://www.courts.go.jp/vc-files/courts/file2/2019_isan_mousitate_538kb.pdf)

遺産分割審判・調停申立書（参考文献―⑤）

この申立書の写しは，法律の定めるところにより，申立ての内容を知らせるため，相手方に送付されます。

受付印	遺産分割 □ 調停 / □ 審判 申立書
	（この欄に申立て1件あたり収入印紙１，２００円分を貼ってください。）
収入印紙　円	
予納郵便切手　円	（貼った印紙に押印しないでください。）

家庭裁判所 御中 令和　年　月　日	申立人 （又は法定代理人など） の記名押印	印

添付書類	（審理のために必要な場合は，追加書類の提出をお願いすることがあります。） □ 戸籍（除籍・改製原戸籍）謄本（全部事項証明書）合計　通 □ 住民票又は戸籍附票　合計　通　□ 不動産登記事項証明書　合計　通 □ 固定資産評価証明書　合計　通　□ 預貯金通帳写し又は残高証明書　合計　通 □ 有価証券写し　合計　通　□	準口頭

当事者		別紙当事者目録記載のとおり	
被相続人	最後の住所	都道府県	
	フリガナ 氏名		平成 令和　年　月　日死亡

申立ての趣旨
□ 被相続人の遺産の全部の分割の（□ 調停 ／ □審判）を求める。
□ 被相続人の遺産のうち，別紙遺産目録記載の次の遺産の分割の（□ 調停 ／ □ 審判）を求める。※1
【土地】　　【建物】
【現金，預・貯金，株式等】

申立ての理由	
遺産の種類及び内容	別紙遺産目録記載のとおり
特別受益 ※2	□ 有 ／ □ 無 ／ □ 不明
事前の遺産の一部分割 ※3	□ 有 ／ □ 無 ／ □ 不明
事前の預貯金債権の行使 ※4	□ 有 ／ □ 無 ／ □ 不明
申立ての動機	□ 分割の方法が決まらない。 □ 相続人の資格に争いがある。 □ 遺産の範囲に争いがある。 □ その他（　　　　）

（注）太枠の中だけ記入してください。□の部分は該当するものにチェックしてください。

※1　一部の分割を求める場合は，分割の対象とする各遺産目録記載の遺産の番号を記入してください。

※2　被相続人から生前に贈与を受けている等特別な利益を受けている者の有無を選択してください。「有」を選択した場合には，遺産目録のほかに，特別受益目録を作成の上，別紙として添付してください。

※3　この申立てまでにした被相続人の遺産の一部の分割の有無を選択してください。「有」を選択した場合には，遺産目録のほかに，分割済遺産目録を作成の上，別紙として添付してください。

※4　相続開始時からこの申立てまでに各共同相続人が民法９０９条の２に基づいて単独でした預貯金債権の行使の有無を選択してください。「有」を選択した場合には，遺産目録【現金，預・貯金，株式等】に記載されている当該預貯金債権の欄の備考欄に権利行使の内容を記入してください。

遺産（1/　）

【主人公の略歴】

岩成　一樹（いわなり　かずき）

昭和十三年（一九三八年）京都生まれ
昭和三十七年　立命館大学理工学部土木工学科卒
　同　年　大和橋梁㈱工事部入社　鋼橋の施工計画・現場施工を担当
昭和四十一年　順子と結婚
昭和四十四年　大和橋梁㈱を退社し、㈱東亜製鋼所に入社
　鋼橋の設計・製作・工事・開発業務や海外業務に従事
平成　五　年　㈱東亜製鋼所を定年退職、東亜鉄構工事㈱に転籍
平成　七　年　同社の取締役を辞任して、建設コンサルタント業界に転職
　ナイトコンサルタント㈱技術部長・技師長等数社のコンサルタントを歴任
平成十五年　妻・順子死去
平成十六年　京子と再婚
平成三十年　現在　㈱ドットコム・技術参与